AF177964

Gabi Ebermann, geboren 1965, verheiratet.
Sie lebt, gemeinsam mit ihrem Mann Wolfgang,
in ihrer Lieblingsstadt Wien.

GABI EBERMANN

LOTTES LISTE

Roman

© 2017 Gabi Ebermann

Lektorat: Schreibwerkstatt, Wien

Umschlaggestaltung und Layout: Wolfgang Ebermann
© Umschlagfoto: Karin Pribyl

Verlag: tredition GmbH, Hamburg

ISBN Paperback 978-3-7439-5373-4
ISBN Hardcover 978-3-7439-5374-1
ISBN e-Book 978-3-7439-5375-8

Printed in Germany

Für Wolfgang

„Kein größeres Geschenk es gibt
als ein selbstloses Herz."

(Meister Yoda)

1

Lotte ging auf die achtzig zu. Genau genommen war sie sechsundsiebzig, sie hatte in ihrem Leben viel erlebt. Sie hatte eine Tochter und einen Mann. Von beiden hatte sie sich weit entfernt, zum einen aus Rationalisierungsgründen, was Georg anbelangte, zum anderen trennte sie der Große Ozean. Wenn man Enkel in Australien hat, dann weiß man nicht, wie es sich anfühlt, gemeinsam in den Zoo zu gehen. Man kennt ihr Lächeln nur über Skype.

Lotte war trotzdem noch lange nicht ihres Lebens überdrüssig. Sie hatte noch viel vor. In ein Flugzeug steigen gehörte allerdings nicht zu diesen Dingen und so würden ihr die Enkel wohl für immer nur durch den Bildschirm zuwinken. Solange sie sich überhaupt noch Zeit nahmen für ihre digitale Granny im fernen Wien.

Lotte bewohnte ein kleines schmuckes Zimmer im Seniorenheim. Sie sah es aber nur ungern von innen. Häuser fürs Leben, so nannten sich diese Unterkünfte. Pah! Leben! Auf das gemeinsame Essen mit den „Alten" konnte sie manchmal gut und gerne verzichten. Das Leben da draußen sollte schon noch mehr für sie bereithalten. Lotte war trotz ihres fortgeschrittenen Alters überzeugt davon, schließlich hatte sie ja noch ihre Liste abzuarbeiten.

Bei ihrem letzten Spaziergang lernte Lotte einen faszinierenden jungen Mann kennen. Sie waren aus

Versehen aneinandergeraten. Nein, nicht im Streit. Er war einfach über sie gestolpert. Nachdem er ihren Äpfeln nachgestellt hatte, die über die Straße kullerten, lud er sie als Wiedergutmachung zu einem Kaffee ein. Lotte sagte spontan zu. So etwas hätte sie früher nie getan, so etwas gehörte sich nicht. Wurde sie langsam senil? Vielleicht hatte sie nicht mehr alle fünf Sinne beisammen und man würde in naher Zukunft mehr auf sie aufpassen müssen. Na was sollte es? Jetzt hatte sie schon mal Ja gesagt. Wer würde schon eine schrullige Alte wie sie entführen oder gar um die Ecke bringen? Sie dachte dabei wie so oft an ihre Liste, „Jetzt! Oder nie", das hatte sie im Hinblick auf ihr Alter irgendwo zwischen die anderen Aufträge an sich selbst hingekritzelt.

Das kleine Café ums Eck war mehr ein Beisl und man schien den jungen Mann hier bestens zu kennen. „Hallo Miki!", tönte es hinter dem Tresen hervor. „Das Gleiche wie immer?" Er bejahte, drehte sich zu Lotte um und fragte: „Kaffee?" – „Gerne", antwortete sie. Na wenn man Miki hier so gut kannte, konnte er ihr ja gar nichts Böses wollen, zu viele Zeugen. In ihrem nächsten Leben würde sie vielleicht eine zweite Miss Marple werden.

Das Gleiche wie immer war ein kleiner Espresso mit einem riesigen Glas Wasser. Sie setzten sich an sein Stammplätzchen in die hinterste Ecke des Cafés.

Er stellte sich noch einmal formvollendet vor mit:

„Gestatten, Michael Hagen", und küsste ihr dabei die Hand. Stelle man sich das mal vor, die jungen Leute von heute hatten doch noch Stil. Lotte erwiderte das mit einem Lächeln und sagte ihm, sie sei Lotte, einfach Lotte, und er könne sie gerne duzen. So aufgeschlossen war sie sonst nie. Doch das gehörte sich bei den jungen Leuten so, da war sich Lotte sicher. Michael sagte: „Einfach Miki, das genügt."

Miki hatte langes, gepflegtes Haar, unglaublich schlanke Finger und ein etwas zu blasses Gesicht. Sie musterte ihn und irgendwie schien klar, dass er Künstler war. Maler? Er hätte wohl Farbkleckse an Hemd und Fingern, also nein. Schriftsteller? Auch nicht, das passte irgendwie nicht. Vielleicht Klavierspieler, ja, das gefiel Lotte, wegen der langen, schlanken Finger. Als sie so vor sich hin mutmaßte, sagte er, er sei wohl zu sehr in Gedanken gewesen, wie habe er sie nur so tollpatschig übersehen können. Es tue ihm leid, andererseits wäre er sonst jetzt nicht in so reizender Gesellschaft. Er zwinkerte ihr schelmisch zu und Lotte schmolz dahin.

Der Handkuss von Miki war wie ein Déjà-vu für sie.

Lotte erinnerte sich an die Zeit zurück, in der sie Georg kennengelernt hatte. Er war damals sehr jung und sehr schüchtern. Die klassische Tanzschulliebe. Als er sie das erste Mal ausführte, trafen sie sich auch in einem schrulligen Café.

Später verlernte Georg es irgendwann, galant zu sein. Sie führten eine langweilige, biedere Ein-Kind-Ehe. Georg war der Versorger, Lotte das Muttertier.

Ehemann und Tochter tanzten ihr stets auf der Nase herum. Sie waren verwöhnt und undankbar. Lotte war klein, zart und rothaarig, eigentlich recht hübsch und selbstbewusst. Von Georg ließ sie sich jedoch stets unterbuttern. Sein Ideal waren große, schlanke, blonde Frauen und diesem Ideal konnte er nur selten widerstehen. Lotte nahm das immer hin. Die heilige Kuh Familie war ihr wichtiger als die Hochachtung vor sich selbst. Als die Tochter studierte und flügge wurde, begann auch Lotte, flügge zu werden. Die x-te Affäre ihres Georg war ihr dann zu viel und sie wies ihm die Tür. Er konnte nicht verstehen, wo Lottes Toleranz plötzlich geblieben war. Da half kein Bedauern und kein Zaudern mehr, sie wollte ihn nur mehr loshaben. Als dann aber Lisa, das Töchterlein, ihrer großen Liebe nach Australien folgte, begannen einsame Jahre. So beschloss Lotte, sich dem Haus des Lebens hinzugeben. Wie konnte sie bloß?

Als Lotte erkannte, dass das Haus des Lebens nicht wirklich voll von dem war, was sie sich noch so vom Leben versprach, begann sie damit, ihren geheimen Aufzeichnungen noch mehr Aufmerksamkeit zu schenken. Sie nannte sie von nun an:

„Lottes Liste"

Lotte notierte darauf alles, was ihr wichtig schien. Allen voran Dinge, die sie noch erleben wollte, manchmal aber auch schon längst erledigte

Angelegenheiten. Manches notierte Lotte und strich es dann sofort wieder durch, wie zum Beispiel „~~Georg wiedertreffen~~". Einigen Dingen musste man eben Nachdruck verleihen! Auch Wünsche, die für Lotte nie erreichbar sein würden, fanden sich auf ihrer Liste. „~~Lisa~~ besuchen" war so eine Sache. Hätte jemand einen Blick auf Lottes Liste werfen dürfen, er hätte bemerkt, dass manche Anliegen nicht ganz richtig durchgestrichen waren. Lotte hatte diese Wünsche noch nicht ganz aufgegeben. Anderes wieder hakte sie ab, wenn es erledigt war, oder sie verzierte es mit einem passenden Symbol. Je nach Lust und Laune.

Lotte liebte diese kindische kleine Spielerei, in vielem steckte wenig Ernst, in vielem aber auch große Sehnsucht. Die Zettel, aus denen die Liste bestand, waren unendliche Male gefaltet und wieder auseinandergenommen worden. Sie waren in die Jahre gekommen – wie Lotte selbst. Das Papier war längst ein wenig dünn und vergilbt, die Kanten weich und brüchig. Vor einigen Tagen notierte sie: „Computer anschaffen". Computer anschaffen mit sechsund-siebzig! Was für eine absurde Idee! Ging das überhaupt? Ob die Liste dann noch eine echte Liste wäre, wenn sie ihr vom Bildschirm entgegenleuchten würde? Imaginär wie eines ihrer Enkelkinder. Aber sowohl die Enkelkinder als auch die Liste waren für sie eine Herzensangelegenheit. Lotte war mittlerweile daran gewöhnt, dass man Herzensangelegenheiten nicht immer festhalten konnte. Spätestens seit aus Lisa Liz wurde und sie Tausende Kilometer weit entfernt lebte.

Das zerschlissene Stück Papier bedurfte dringend einer Erneuerung. Vielleicht würde sie ein leeres Buch anschaffen, eine Art Kalender, das wäre eine Alternative. Sie könnte dann ihre Vorhaben auch den einzelnen Jahreszeiten zuordnen. So oder so, Lotte beschloss, ihre Liste und ihr Leben neu zu überarbeiten und aus ewig aufgeschobenen Plänen und Vorhaben handfeste Ereignisse werden zu lassen.

Die Liste gab es, seit Lotte vorhatte, Georg für immer zu verlassen. Der erste, längst erledigte Auftrag an Lotte lautete: „~~Georg in die Wüste jagen~~". Seither teilte Lotte alles, was ihr wichtig war, all ihre Sehnsüchte, ihre Träume, kleine und große Wünsche und Unerledigtes, was sie beschäftigte, mit dieser Liste. Eine Art Tagebuch. Es war für Lotte viel mehr geworden als ein Stück Papier und sie hütete es wie einen Goldschatz. Ihre Liste war eine stille Vertraute geworden, eine, der man alles bedingungslos anvertrauen konnte. Eine geduldige Zuhörerin und ein Plan fürs Leben. Sie wollte möglichst viele Häkchen hinter ihren Vorhaben anbringen. Hinter all den kleinen Wünschen und vor allem auch den großen. Erst dann würde Lotte mit ihrem irdischen Dasein abschließen. Ja, sie hatte noch viel vor.

Miki entschuldigte sich kurz bei Lotte, er packte eine kleine schwarze Mappe aus seiner Tasche, klappte die Hülle auf und brachte das Ding mit der Eingabe einer Zahlenkombination zum Leuchten. Eine Minischreibmaschine. Lottes Augen begannen zu leuchten. Sie fragte ihn ungläubig, was das kleine Ding hier alles könne. „Mein Tablet?", fragte Miki. Tablet? Lotte bezweifelte, dass man darauf wirklich Brötchen, Kaffee oder Orangensaft servieren konnte.

Miki erklärte ihr, das sei ein besonders flacher, tragbarer Computer. Ganz leicht und mit Touchscreen ausgestattet. Lotte kramte in ihren Englischkenntnissen, auf die sie immer so stolz gewesen war. Schirm zum Berühren? Miki erklärte ihr, dass es diese kleinen Computer in der Form erst seit wenigen Jahren gebe, er ließ sie bereitwillig zusehen.

Lotte fragte, ohne zu zögern, ob er sich vorstellen könnte, dass sie in ihrem Alter noch mit so einem Tablet umgehen könnte. Sie hatte keine Zeit zu verlieren. Sie witterte die Chance, ihre Liste zu ordnen. Es wäre ihm eine Ehre und ein Vergnügen, sie in die Geheimnisse des Tablets einzuweihen, sagte Miki. Als Wiedergutmachung für sein Hoppala von vorhin sozusagen.

Lotte war von Georg gut versorgt, darauf hatte sie zumindest geachtet. Sie machte sich daher keinerlei Sorgen darüber, was sie das kosten könnte. Sie wollte aber vor Miki nicht gleich wie die reiche Alte dastehen. Eine gesunde Portion Misstrauen konnte nie schaden. Gegenüber Fremden und Männern im Allgemeinen. Trotzdem verabredete sie sich mit Miki schon am nächsten Tag zum Shoppen. Innerlich war sie aufgedreht wie ein kleines Kind, das noch nicht ins Bett gehen wollte. Die Aufregung über die Möglichkeit, zu einer neuen Liste zu kommen, stand ihr förmlich ins Gesicht geschrieben. Innerlich hüpfte sie übermütig auf und ab. Sie war ganz zappelig.

Miki erklärte sich bereit, sie zum Einkauf zu begleiten und ihr einmal pro Woche im Café Nachhilfe zu erteilen. Etwas zögerlich sagte er ihr noch, was diese Tablets in etwa kosten würden, und blickte sie mit fragendem Gesichtsausdruck an. Lotte meinte lapidar, dass das in Ordnung ginge, und hoffte, dass Miki sie nicht für eine schrullige Alte hielt, die nicht wüsste, was sie tat.

Der Deal war schnell besiegelt. Über eine allfällige Entlohnung für Miki machte sich Lotte vorerst keine Gedanken. Das Gleiche wie immer würde sie ihm allemal spendieren können und sie spürten wohl beide, dass das der Beginn einer wunderbaren Freundschaft war. Ungleicher konnten Freunde nicht sein. Lotte war im Schätzen nie gut, aber Miki war vielleicht gerade einmal sechsundzwanzig. Er könnte gut und gerne ihr Enkel sein.

Als Lotte wieder im Haus des Lebens ankam, schwirrten ihr noch Tausende Fragen an Miki im Kopf herum. Sie wusste praktisch gar nichts von ihm. Irgendwann hatte er erwähnt, dass er tatsächlich Musiker sei und tagsüber ohnedies viel Zeit habe. Wie ein Opernsänger sah er nicht gerade aus. Was für eine Art von Musik er wohl machte? Er schien nicht wirklich erfolgreich zu sein. Oder doch? Lotte fragte sich, was auf seiner Liste des Lebens stehen könnte. Sie war ganz sicher, das alles noch herauszufinden. Für diesen Tag war sie aber einfach nur müde.

Über das gemeinschaftliche Abendessen mit den Alten frohlockte sie nicht sehr, aber sie war hungrig. Am Tisch mit Hans, Johanna und Hilde aß sie daher schweigend ihren Kartoffelauflauf und ließ die anderen vom Tag erzählen.

Hans hatte Besuch von seinem Sohn, worauf er nun mit Sicherheit wieder monatelang warten konnte. Der viel beschäftigte Managersohn erinnerte sich nur selten, dass da irgendwo im Haus des Lebens manchmal jemand gerne ein wenig Abwechslung hätte. An diesem Abend war Hans vor Glück trotzdem kaum zu bremsen. Er erzählte vom neuen Mercedes des Sohnemannes und davon, wie sehr er sich schon auf eine Ausfahrt damit freute. Na Gott sei ihm gnädig. Aber Lotte glaubte nicht daran. Sie verkniff sich jedoch jeglichen Kommentar, ihr war nicht zum Reden zumute. Sie war in Gedanken ständig bei der neuen Liste.

Hilde hatte sich an diesem Tag im wahrsten Sinne des Wortes wieder einmal verstrickt und ellenlang davon erzählt, wie sie alles auftrennen musste. Sie begann jeden Tag unermüdlich von Neuem, Schals, Mützen und Handschuhe für die gesamte Belegschaft zu stricken. Manchmal mit mehr, manchmal, wie an diesem Tag, mit weniger Erfolg. Aber es war ja ohnedies erst Frühling und es blieb noch viel Zeit, bis man dieses wärmende Zeugs wieder brauchen würde. Hilde ließ sich nicht entmutigen. Und solange Wolle vorrätig war, war mit Hilde gut Kirschen essen. Sie brauchte nicht viel mehr für ihr kleines Glück. Irgendwo auf Lottes Liste stand auch: „Hilde mit Wolle glücklich machen". Nicht alle Dinge auf der Liste waren große Angelegenheiten.

Johanna war an diesem Tag beim Arzt gewesen. Sie hatte ständig irgendwelche Wehwehchen. Kein Wunder, sie war achtundachtzig! Und wenn Lotte daran dachte, so alt zu werden wie Johanna, dann würden sie die kleinen Wehwehchen gar nicht stören, die Johanna immer plagten. Sie hätte dann noch eine schiere Unendlichkeit vor sich, die Liste abzuarbeiten!

Hans, Johanna und Hilde wollten wissen, was Lotte so getrieben hatte. Lotte murmelte mit vollem Kartoffelbreimund etwas Unverständliches vor sich hin. Die drei fragten nicht näher nach. Gut so. Die hätten sowieso null Ahnung davon, was ein Tablet ist, genauso wie Lotte noch vor ein paar Stunden.

Lotte hatte vergessen, Miki zu fragen, ob sie damit auch skypen könnte. Sie wäre dann nicht mehr auf die freundliche Nachtschwester angewiesen, die ihr immer half, die Verbindung zu Australien herzustellen. Lotte wollte es manchmal nicht begreifen, dass sie zu so unsäglichen Zeiten „telefonieren" musste. Konnte nicht wenigstens überall auf der Welt die Sonne zur gleichen Zeit vom Himmel lachen? Gleich am nächsten Tag wollte sie Miki fragen. Sie murmelte ein hastiges „Gute Nacht" und zog sich auf ihr Zimmer zurück.

Bevor sie sich wusch und für die Nacht zurechtmachte, entfaltete sie noch einmal die Liste. Ein kleines Papierfetzchen segelte dabei zu Boden. Lotte bückte sich, um ja nichts Wichtiges zu verlieren. Es war aber zum Glück nur ein leeres Stückchen. Sie notierte in krakeliger Schrift: „Tablet kaufen" und „Nicht mit fremden Männern auf einen Kaffee gehen", nur um es gleich wieder durchzustreichen.

Lotte schaltete den Fernseher ein, sie konnte in Gesellschaft besser schlafen. Es dauerte nicht lange und sie träumte friedlich, gleichmäßig atmend, vor sich hin.

2

Als Lotte am nächsten Morgen aufwachte, war sie nicht sicher, ob sie das alles nur geträumt hatte. Sie ärgerte sich jetzt ein wenig, dass sie am Vorabend nichts von Miki erzählt hatte. Alles wäre ihr dann ein wenig realer erschienen.

Am Frühstückstisch fehlte Johanna. Hoffentlich nicht wegen eines ihrer Wehwehchen. Lotte wollte später nach ihr sehen. Miki war erst um vierzehn Uhr dran. Und irgendwie musste sie den Tag bis dahin herumbringen. Sie war ungeduldig und hätte ihre Freude gerne mit irgendwem geteilt. Aber ihre Tochter schlief ja um diese Zeit. Sie hätte wohl ohnedies nur mit ihr geschimpft wegen der Begegnung mit Miki. Ständig machte sie ihr irgendwelche Vorhaltungen, „Mutti, tu dies", „Mutti, tu das". Lotte hatte gar nicht vor, auf sie zu hören, schließlich war sie die Mutter und nicht das Kind! Dass Kinder immer glaubten, die Rollen im Alter umdrehen zu müssen, verstand sie nicht. Sie war doch nicht senil und ein bisschen Übermut und Lebenswille haben noch keinem geschadet. Wahrscheinlich sprach aus Lisa auch nur ihr schlechtes Gewissen. Aber Lotte hatte sie ja nicht eigenmächtig nach Australien verbannt. Im Gegenteil, sie hätte sie nur allzu gerne hierbehalten. So hatte sich Lotte angewöhnt, einfach nicht alles zu erzählen. Wenn Lisa da wäre, erginge es ihr vielleicht genauso wie dem armen Hans. Ein Mitleidsbesuch alle drei Monate, bei dem die herausgeputzten Enkel widerwillig auswendig gelernte Gedichte aufsagen mussten. Darauf konnte Lotte gut und gerne verzichten.

Lotte verzehrte ihre Brötchen mit Erdbeermarmelade und schlürfte gedankenverloren den heißen Tee. Lotte liebte Tee, Earl Grey mit Zitrone, die Melange am Vortag war eine Ausnahme. Sie fühlte sich dann immer wie die feinen englischen Damen beim Fünf-Uhr-Tee.

Als Lotte mit dem Frühstück fertig war, ging sie zu Johanna aufs Zimmer. Vor dem Zimmer erwarteten sie hektische Betriebsamkeit und betroffene Gesichter. Sie wurde freundlich, aber bestimmt zur Seite geschoben. Was hier passiert war, war Lotte sofort klar. Sie war entsetzt. Wie konnte Johanna ihr das antun? Am Vortag war sie doch noch ganz munter, legt sich einfach hin und stirbt. Lotte war verstört. Wie konnte sie sich einfach so aus dem Staub machen? Lotte wollte ihr das zwar zugestehen, so ein Dahingehen ohne Siechtum, sie wollte aber nicht auf eine ihrer Alten am Tisch verzichten. In Gedanken strich sie „Kochbuch für Johanna besorgen" von ihrer Liste und malte ein Kreuz dahinter. Sie war traurig, dass die vertraute Freundin jetzt keinen Platz mehr auf ihrer Computerliste einnehmen würde. Lotte liefen die Tränen über die Wangen, sie wusste bis dato gar nicht, dass sie so an Johanna hing. Ihre Wehwehchen würden ihr abgehen.

Lotte machte sich auf, um Hans und Hilde die Nachricht so schonend wie möglich zu überbringen, und überlegte, ob sie den Termin mit Miki absagen sollte. Aber sie hätte Miki gar nicht erreichen können, sie wusste ja praktisch nichts von ihm.

Vor einigen Jahren, als Lotte mit dem Einzug ins Haus des Lebens kurzfristig mit ihrem inneren Gleichgewicht auch ihr äußeres Gleichgewicht verlor, trug sie in ihre Liste „Lotte muss sportlich werden" ein. Die Tatsache, dass sie im Stehen nicht mehr ihr Höschen anziehen konnte, nagte an ihr. Wenige Monate später bekam der Eintrag ein kleines Häkchen. Lotte machte es sich zur Gewohnheit, die kleinen Häkchen hinter ihren Eintragungen in bunten Farben anzubringen. Dieses Häkchen war rosa. Denn der Fitnessklub, in dem sie sich angemeldet hatte, war einer dieser Läden, die stets mit rosa und weißen Luftballons geschmückt waren. Die fünfzig Euro im Monat konnte sie sich dank Georg locker leisten. „~~Georg danken~~". Sie absolvierte dort jetzt dreimal in der Woche ein Zirkeltraining. Vom Gerät zum Plate, vom Plate zum Gerät, vom Gerät zum Stepper, alle vierzig Sekunden weiter, sechzehn Stationen, dreimal im Kreis. Ja, Plate und nicht Brett, Stepper und nicht Stufe. Nur der Ball blieb der Ball. Lotte fand das lustig. Der Zeitaufwand war nicht so groß und Lotte wurde tatsächlich wieder beweglicher. Alle sechs Wochen musste sie dort auf die Waage. Das neumodische Ding zerteilte sie in Wasser, Muskelmasse und Fett. Lotte glaubte nicht daran, aber der Gedanke daran half ihr tatsächlich, auf ihr Gewicht zu achten. Lotte lernte schnell, sie hatte Spaß daran, ihrem inneren Schweinehund überlegen zu sein. Und das Lob der Trainerinnen gefiel ihr.

Diese körperliche Ertüchtigung strich sie für diesen Tag aus ihrem Programm. Ihr war nicht danach.

Lotte war bei Hans angelangt. Er saß vor seinem Fernseher und sah sich eine Kochsendung an. Für Hans war neben seinem Sohn Essen das Wichtigste. Er ließ sich dabei nur ungern stören, was er durch sein mürrisches „Herein" auch unmissverständlich klarmachte. Hans' Blick wurde aber schnell sanft, als er Lottes verheultes Gesicht sah. Das rührte Lotte nur noch mehr zu Tränen. Als sie endlich hervorbrachte, was vorgefallen war, nahm Hans sie in die Arme und wiegte sie wie ein kleines Kind. Es tat gut zu sehen, wie wichtig sie sich waren.

Gemeinsam machten sie sich auf, um Hilde zu suchen. Sie fanden sie im Aufenthaltsraum zwischen einem Berg roter und blauer Wolle. Hilde sah auf und wusste gleich, dass etwas Schlimmes passiert sein musste. Jetzt waren alle drei fassungslos, als hätten sie einen Teil von sich selbst aufgeben müssen. Sie saßen eine Weile stumm nebeneinander, dann sagte Lotte: „Johanna war eine von den Guten." Hans sagte: „Sie war meine Küchenseele." Die beiden konnten sich stundenlang über köstliche Rezepte unterhalten. Und Hilde sagte: „Ich wollte ihr doch noch ein wärmendes Jäckchen für den wehen Rücken stricken." Lotte meinte, wenn sie schnell machte, würden sie ihr das auf den letzten Weg mitgeben können.

Hans ging in sein Zimmer zurück, Hilde hatte es eilig, die richtige Wolle zu holen, und Lotte dachte wieder an ihr Vorhaben mit Miki. Die Alten hatten nie viel Zeit zu verlieren.

3

Sie konnte es kaum erwarten. Als sie kurz vor zwei Uhr das Café betrat, war Miki schon da. Also war das alles kein Traum! Diesmal begrüßte er sie mit einem Küsschen auf die Wange. Oh wie vertraut sie sich schon waren.

Er trank noch schnell seinen kleinen Espresso. Lotte war viel zu aufgeregt, um jetzt irgendetwas hinunterzubringen. Miki bezahlte. Lotte konnte es fast nicht glauben, dass sie so schnell für eine neue Liste bereit war.

Auf dem Weg zum Bus erzählte er ihr von seinem gestrigen Abend. Er hatte einen gelungenen Auftritt in einem kleinen Lokal absolviert. Miki freute sich wie ein kleiner Junge. Lotte wollte wissen, welche Art von Musik er machte. Sie dachte kurz daran, ob er wohl einmal das Haus des Lebens für sie alle mit etwas realem Leben füllen konnte. Sie befürchtete aber zugleich, dass das einige der schwachen Herzen nicht überstehen würden.

Statt eine Antwort zu geben, lud Miki sie für nächste Woche zum Zuhören ein. Wow, damit hatte Lotte nicht gerechnet. Ein Knalleffekt im wahrsten Sinne! Ob sie das auf ihrer Liste eintragen sollte? „Rendezvous mit Miki". Mit einem Mal überfiel Lotte die Sorge, dass sie Miki in die Geheimnisse ihrer Liste einweihen müsste. Wie sollte es ihr sonst gelingen, mit ihm gemeinsam eine neue elektronische Liste zu erschaffen? Die vielen kleinen Torheiten, die sie immer wieder zwischen die wirklich wichtigen Anliegen einflickte, machten ihr auf einmal zu schaffen.

Der Bus spuckte sie vor einem großen Einkaufszentrum aus. Lotte hatte Mühe, mit Miki Schritt zu halten. Sie musste wohl noch härter trainieren.

Als sie vor dem Geschäft ankamen, war Lotte zum Schmunzeln. Der angebissene Apfel auf dem Schild erinnerte sie an den Vortag. In Gedanken sah sie Miki wieder hinter ihren Äpfeln herlaufen. Lotte liebte Äpfel. „An apple a day keeps the doctor away." Es war für Lotte ein gutes Zeichen. Zudem es jetzt ja auch das Symbol ihres Kennenlernens war.

Miki zeigte ihr alles, sprach mit dem Verkäufer in einem für Lotte unverständlichen Fachchinesisch und entschied sich schließlich für ein wunderschönes, superschlankes kleines Tablet mit einer kaminroten Kunststoffhülle. „Rot für die Liebe", sagte Miki. Lotte hoffte, dass er die Liebe zur Liste meinte.

Als sie das Geschäft verließen, nahm sich Lotte vor, diesmal anstelle eines Häkchens einen kleinen Apfel hinter den Eintrag auf ihrer Liste zu zeichnen. In Gedanken war sie nach wie vor ihrer zerschlissenen Papierliste treu.

Gemeinsam gingen sie in einen weiteren Laden, in dem sie diese kleinen tragbaren Telefone verkauften, die Lotte von jeher zu besitzen verweigerte. Sie wollte nicht immer und überall erreichbar sein. Alles im Leben hatte ein wenig Zeit und so war Lotte auch noch lange nicht beunruhigt, noch so wenige Dinge von ihrer Liste erledigt zu haben.

Sie musste Miki unbedingt sagen, dass hier Schluss war mit der Moderne. Sie wollte kein Handy. Aber Miki erklärte ihr, dass sie nur die kleine Karte benötigten, mit denen Handys erst funktionierten. Sie bräuchten das für ihre Liste. Lotte verdrehte die Augen, jetzt war das schon „ihre" Liste. Sie vertraute Miki und ließ ihn gewähren. Er meinte, erst dann könne sie auch richtig recherchieren, sie könnte Theaterkarten bestellen, von zu Hause einkaufen, verschiedene Krankheiten nachschlagen und vieles mehr. Wozu? Johannas Wehwehchen waren tot. Lotte wurde wieder wehmütig. Johanna würde auf ihrer Liste keine Rolle mehr spielen.

Lottes Füße taten mittlerweile höllisch weh, aus Eitelkeit hatte sie ihre Stöckelschuhe angezogen. Sie hatte vor, Miki in Zukunft nicht mehr mit solch albernen Dingen beeindrucken zu wollen. Zumal sie ihn so einschätzte, als hätte er für Äußerlichkeiten ohnedies nur wenig übrig. Nein, Miki war schon gepflegt oder einfach nur durch die Frische der Jugend gesegnet. Aber für Lottes damenhaftes Schuhwerk hatte er sicher keine Augen. Sie hätte sich die schmerzenden Beine ersparen können.

Als sie wieder im Bus saßen, war Lotte unendlich müde. Die Vorbereitungen für die Liste strengten sie an. Miki meinte sanft, dass er die technische Einrichtung vorerst einmal ohne Lotte machen könne, und fragte, ob sie ihm ihre Liste, wie sie beide das

Tablet mittlerweile nannten, für ein paar Tage überlasse.

Irgendwie hatte Lotte das Gefühl, Miki schon eine halbe Ewigkeit zu kennen. Er war ihr so vertraut. Als wäre einer ihrer australischen Enkel zu Fleisch geworden und lächelnd und winkend aus dem Bildschirm gekrochen.

Freilich, Lottes Enkel, Aaron und Willam, waren erst sieben und neun Jahre alt. Lotte war schon achtundzwanzig, als sie Lisa bekam, und die ließ sich, bedingt durch ihr Medizinstudium, auch eine Ewigkeit Zeit mit dem Mutterwerden. Lotte dachte eigentlich, sie würde nie mehr Oma werden. Miki konnte rein rechnerisch locker ihr Enkel sein.

Sie war sich sicher, dass er ihr nichts Böses wollte und sich nicht mit ihrer Liste aus dem Staub machen würde. Ihrer Liz würde sie davon einfach nichts erzählen. Erst wenn es so weit war. Manchmal nannte Lotte Lisa in Gedanken auch Liz, immer dann, wenn sie ihr etwas nicht erzählen wollte. Manchmal wollte sie sich einfach Liz' Belehrungen ersparen. Lotte wusste selbst, was zu tun war, meistens jedenfalls.

Sie stimmte also zu und dachte gar nicht mehr daran, dass sie den jungen Mann erst am Vortag kennengelernt hatte. Dass sie sich so schnell so weit aus dem Fenster gelehnt hatte, war sowieso unglaublich. Sie hatte nicht vor, jetzt zurückzurudern. Lotte spürte instinktiv, dass ihr Vertrauen nicht missbraucht werden würde.

Als sie im Heim ankam, fiel ihr ein, dass sie wieder vergessen hatte, Miki danach zu fragen, ob sie damit jetzt auch skypen könnte.

4

Lotte schwänzte an diesem Tag das Abendessen. Sie hätte das nicht tun sollen, sie wusste, Hans und Hilde würden sich Sorgen machen. Gerade an diesem Tag, aber sie hatte ja nicht vor, sich hinzulegen und es Johanna gleichzutun. Sie wollte einfach nur alleine sein. Lotte drehte die Nachrichten auf, schnappte sich einen Apfel und ließ sich in ihrem großen Ohrensessel nieder. Die schmerzenden Beine legte sie auf das Tischchen vor sich.

Die Gesellschaft des Fernsehers gefiel ihr an diesem Abend nicht, überall Krieg und Unruhen. Sie tippte auf die Fernbedienung und sah sich eine Folge „The Big Bang Theory" an. Sie konnte sich köstlich amüsieren über die verrückten Jungs und Penny hatte sie gerne zu Gast in ihrem Zimmer. Sie war bestimmt nicht das Zielpublikum für derartige Serien, aber Lotte lachte nun mal gerne. Sie war nicht von der Art Alten, die dauernd über die Jugend herzogen, im Gegenteil. Lotte liebte es, den jungen Leuten zuzusehen und sich mit ihnen zu unterhalten, deren Unbekümmertheit gefiel ihr.

Lotte schlief vor laufendem Fernseher ein. Eine Runde fernschlafen nannte sie das. Als sie aufwachte, taten ihre alten Knochen noch mehr weh. Nur mühsam konnte sie sich aufrappeln und ins Bett hieven. Lotte vernachlässigte sich sonst nie. Körperpflege war ihr wichtig, aber an diesem Abend war sie zu müde für alles. Ob sich Johanna zuletzt auch so gefühlt hatte?

Lotte schlief tief und traumlos, als sie aufwachte,

waren ihre Energien mit einem Schlag zurück. Sie wusch sich gründlich, legte ein wenig Make-up auf und eilte zum Frühstück.

Hans und Hilde waren schon da. Der vorwurfsvolle Blick wegen des Vorabends war nicht zu übersehen. Hans strafte sie mit Schweigen, aber Hilde wollte wissen, warum sie die beiden an so einem Tag alleingelassen hatte. Lotte war jetzt ein wenig traurig, dass sie so rücksichtslos war. Aber Hans und Hilde konnten ohnehin nie lange böse sein. Sie erzählten ihr, dass Johannas Kinder noch da waren, um alle Erledigungen in die Wege zu leiten, und bei Johannas engsten Freunden Trost suchten. Sie wollten alles über Johannas letzten Abend wissen. Lotte war nicht da, sie wäre auch gerne getröstet worden. Sie hätte gerne etwas Nettes über Johanna erzählt. Johannas „Kinder" waren beinahe auch schon ein Fall für das Haus des Lebens. Sie passten im Alter schon fast zu Hans, Hilde und Lotte. Es waren gute Kinder, die oft zum Vorlesen und Tratschen vorbeikamen. Immer hatten sie eine Leckerei oder Blumen dabei. Oft auch für Lotte. Johanna hatte sich nie beklagt. Johanna war mit sich selbst und ihrem Leben im Reinen.

Lotte wusste, dass man nicht immer überall sein konnte und die Liste war ihr schließlich wichtig. An diesem Tag hatte sie aber Zeit, sich Hans und Hilde zu widmen, denn Miki würde ein paar Tage für die Vorarbeiten brauchen. Sie hatten sich erst wieder für nächste Woche zum Weiterarbeiten an der Liste verabredet. Dazwischen wollte sie Miki noch zu seinem Auftritt ausführen.

Jetzt wollte Lotte aber erst einmal die gemeinsamen Vorbereitungen für Johannas letzten Weg treffen. Nach dem Frühstück steckten sie die Köpfe zusammen, um zu beratschlagen. Im Aufenthaltsraum stand schon ein Bild von Johanna mit einer schwarzen Schleife an der rechten oberen Ecke. Lotte fragte sich, ob hier im Heim irgendwo eine Kammer war, in der von ihnen allen solche Bilder nur darauf warteten, aufgestellt zu werden. So schnell, wie die damit immer waren, konnte es nicht anders sein. Lotte war sich sicher, dass ihr Bild noch lange in der Kammer warten musste. Wenn es nach ihr ginge, konnte es dort gerne ein paar Spinnweben ansetzen.

Hilde strickte schon unermüdlich an einer Art Poncho für Johanna. Sie hatte das am Vortag noch mit den Kindern abgeklärt und die hatten sich sehr gefreut über diese letzte Ehrerweisung. Hans und Lotte wollten bei der Beerdigung jeweils eine Anekdote erzählen. Sie hatten im Haus des Lebens doch einiges zusammen erlebt. Die anderen sollten wissen, dass hier auch was los war. Johanna war bis zum Schluss geistig voll auf der Höhe und die Schätze ihres Wissens waren endlos.

Sie erzählte oft aus ihrer Jugend, aus der Kriegszeit, vom Wiederaufbau und vieles mehr. Damals kannte man noch kein „Burn-out". Man war es gewohnt, ohne Jammern anzupacken und zu funktionieren. Man war nicht mit Job und einem Kind bis zum Rande der Erschöpfung ausgelastet. Johanna hätte für viele ein leuchtendes Beispiel abgegeben. Ein Vorbild von unendlicher Kraft und Energie. Immer nahm sie ihre Termine pünktlich wahr, sie war bei allen Veranstaltungen dabei und fehlte bei keiner Mahlzeit am Tisch. Disziplin war ihr wichtig.

Sich gehen lassen heißt gehen, war Johannas Leitspruch. Johanna hatte sich gehen lassen, schließlich war sie fort.

Hans und Lotte diskutierten, schwelgten in Erinnerungen und kamen schließlich zu dem Schluss, dass Lotte die lustige Episode von Johanna und dem Papagei zum Besten geben sollte. Passend war das nicht für eine Beerdigung, aber typisch für Johanna halt. Und die Leute sollten von ihrem Witz und ihrer Ausdauer erfahren.

Vor Jahren, als Lotte gerade neu im Heim ankam und Johanna kennengelernt hatte, gab es im Eingangsbereich noch eine riesige Voliere. Johanna verbrachte unendliche Stunden davor. Lotte fragte sich oft, warum sie so fasziniert war von dem bunten Vogelvieh. Vielleicht, dachte sich Lotte, wollte sie ihm nur etwas Gesellschaft leisten, schließlich konnte man hier leicht vereinsamen, egal ob Mensch oder Papagei. Johanna hatte immer etwas übrig für die, die irgendwo alleine herumsaßen. In Wahrheit mühte sich Johanna aber unermüdlich ab, dem armen Tier das Sprechen beizubringen. Sie hatte sich allerdings einen denkbar schlechten Scherz daraus gemacht. Und als der Papagei

Fritz endlich perfekt und laut nachkrächzte, was ihm da in monatelanger Schwerstarbeit von Johanna vorgebetet worden war, wurde der arme Kerl umgehend aus dem Entree verbannt. Zu viele Heimbesucher und auch Bewohner fanden das ganz und gar nicht witzig. „Lauter alte Weieieiber, lauter alte Weieieiber, lauter alte Weieieiber." Johanna war sonst sehr seriös, aber in diesem Fall ging sie mit akribischer Schadenfreude zu Werke und damit eindeutig zu weit.

Die Trauergäste sollten auch ein wenig Grund zum Schmunzeln haben. Johanna hatte nichts übrig für Trübsinn und Tränen.

5

Es war der Tag, an dem Lotte Miki zu seinem Auftritt begleitete.

Sie hatte ihn zuvor gefragt, ob sie Abendgarderobe brauchen würde. Miki hatte amüsiert gegrinst und gefragt, ob Lotte vielleicht eine Jean besaß. Lotte hatte das tatsächlich auf ihrer Liste stehen. „Einmal im Leben eine Jean kaufen". Und sie hatte es im Laufe der Woche geschafft, hinter diesem Eintrag ein jeansblaues Häkchen anzubringen. Das junge Fräulein im Laden hatte eine wahre Freude mit ihr. Ja, sie hatte sich gut gehalten über all die Jahre. Sie kaufte auf Empfehlung der Verkäuferin noch eine blaue Sweater-Weste und ein buntes Tuch dazu und war perfekt gerüstet. Sie fühlte sich wie siebzehn, mit ihrem roten Haar sah sie fast verwegen aus.

Als Miki sie abholte, pfiff er anerkennend. Lotte war hingerissen von seinem Charme.

Sie fuhren mit seinem Kastenwagen durch die halbe Stadt. Miki hatte einen uralten, klapprigen Bandbus mit der Aufschrift „Mikis Jazz-Kiste". Für seine ganze Ausrüstung, hatte er Lotte erklärt. Sie war schon sehr neugierig. Jazz also. Lotte war offen für jede Art von Musik.

Als sie ins Heim gezogen war, hatte sie darauf bestanden, ihre Schallplattensammlung und ihren Plattenspieler mitzunehmen. Liz war nicht begeistert gewesen, aber Lotte hatte sich nicht umstimmen lassen.

Über viele Jahre waren diese Platten der einzige Trost für sie. In der Musik fand sie sich selbst.

Sie hielten vor einem Jazzcafé, das schon von außen etwas verwegen aussah und in das Lotte bestimmt nicht hineingehörte. Miki scherte sich nicht um irgendwelche Konventionen. Das gefiel ihr.

Sie betraten das Lokal und Miki platzierte Lotte ganz vorne auf einem Barhocker, offenbar hatte er keine Sorge, dass es für sie zu unbequem werden könnte. Aber wenn ihr Rücken die Fahrt in Mikis Kiste überstanden hatte, dann war dies hier ein Kinderspiel. Er bestellte ihr ein Gingerale und begann, seine Sachen auszuladen. Seine Kumpels von der Band waren schon da und begrüßten Lotte freundlich. Sie hörte, wie einer Miki fragte, ob das seine Mom sei. Lotte fühlte sich geschmeichelt. Was doch so eine Jean alles bewirken konnte.

Sie sah fasziniert zu, wie auf der kleinen Bühne emsig gearbeitet wurde. Miki hatte sie extra gefragt, ob sie schon beim Aufbau dabei sein wollte, und Lotte wollte wirklich kein Detail verpassen. Immer wieder schaute er vorbei, erklärte ihr alles genau. Verstärker, Tonmischer, Fußtaster, Kabel da und Kabel dort. Sie wusste mittlerweile, dass Miki Gitarre spielte. Seine schmalen, langen Finger schienen extra dafür geschaffen zu sein.

Die kleine Bar füllte sich langsam mit Gästen, es schienen viele bekannte Gesichter zu sein.

Manche blickten neugierig zu Lotte herüber. Niemand schien sich daran zu stören, dass sie den

Altersdurchschnitt hier erheblich anhob.

Die Band war noch beim Stimmen der Instrumente. Ein Freund von Miki gesellte sich zu Lotte. Er hatte offenbar den Auftrag erhalten, sich während des Auftrittes ein wenig um Lotte zu kümmern. Tom, wie der junge Mann hieß, tat dies mit äußerster Zuvorkommenheit. Lotte fühlte sich rundum wohl. Sie liebte es, in diese fremde Welt einzutauchen, und sie liebte es, mit welcher Selbstverständlichkeit Miki sie zu so etwas einlud.

Es gab einen Jazzabend vom Feinsten. Lotte wiegte sich im Swing der Musik. Sie war verzückt, wenn sie nur einen Kontrabass zu sehen bekam. Miki und seine Band versetzten sie in ihre Jugendzeit zurück. Was wohl Hans und Hilde dazu sagen würden? Ob sie ähnlich glücklich wären? Hilde hätte zumindest ihre Freude mit der schwarzen Wollmütze, die Miki an diesem Abend trug.

In der Pause kam er zu ihnen herüber, klatschte mit Tom ab und fragte Lotte, wie es ihr gefiele. Ihr Gesichtsausdruck war selig und sie applaudierte übermütig wie ein kleines Kind. Sie wollte, dass das hier nie aufhörte. Sie war so leicht und beflügelt wie eine Feder. Ihr Alter war wie ausradiert.

Miki bestellte drei Glas Prosecco. Seines benützte er nur zum Anstoßen, denn während des Auftrittes wollte er auf gar keinen Fall Alkohol zu sich nehmen. Das trübe seine Sinne, grinste er verschmitzt.

Lotte und Tom unterhielten sich genussvoll. Sie fragte Tom, ob er auch Musiker sei. Nein, unmusikalischer als er könnte man wohl nicht sein, antwortete Tom lachend. Er habe im wahrsten Sinne des Wortes einen Brotberuf, eine eigene kleine Bäckerei. Seine Stammkundschaft sei wunderbar und er könnte sich gerade mal so über Wasser halten. Aber sein eigener Herr zu sein, war ihm wichtiger als alles andere. Lotte war neugierig geworden. Der Prosecco hatte ihre Zunge ein wenig gelockert. Sie wollte wissen, ob Tom auch Frau und Kinder habe, er war so fürsorglich und schien ihr wie geschaffen als Familienvater. Toms Blick ruhte eine kleine Weile zu lange auf Miki, ehe er seufzend verneinte. Dazu hätte er es leider noch nicht gebracht. Er wirkte mit einem Mal nicht mehr ganz so unbeschwert. Lotte musste eine wunde Stelle getroffen haben. Familie sei auch nicht alles, hätte sie ihm gern gesagt und dachte dabei an Georg und Liz. Sie hielt den Mund. Lotte nahm sich vor, Tom irgendwann in seiner Bäckerei zu besuchen, dann widmete sie ihre Aufmerksamkeit wieder der Musik. Tom bestellte zwei weitere Glas Prosecco.

Der Abend klang wundervoll aus und Lotte blieb bis zum Schluss. Miki bestand darauf, sie wieder nach Hause zu bringen. Lotte hätte auch nach Hause tanzen können, so beschwingt und ein wenig beschwipst, wie sie war.

Als sie weit nach Mitternacht beim Heim vorfuhren, kam sie sich vor wie ein Schulmädchen, das, an den Eltern vorbei, in sein Zimmer schleichen musste. Lotte kicherte in sich hinein, keine Spur von Müdigkeit. Miki geleitete sie galant untergehakt bis zum Eingang. Er küsste ihr wieder die Hand und sagte, es sei ihm ein außerordentliches Vergnügen gewesen. „Ganz meinerseits", entgegnete Lotte.

Lotte wusch sich, legte sich nieder und schlief selig ein, zum ersten Mal, ohne an ihre Liste zu denken. Für Lotte hatte ein neues Leben begonnen.

6

Lotte war wohl keine siebzehn mehr. Als sie aufwachte, fühlte sie sich elend. Der ganze Schwung war weg, der Kopf brummte leise vor sich hin. Sie war schon eine Ewigkeit nicht mehr aus. Abgestandener Geruch von Rauch hing in ihrem Zimmer. Sie mühte sich aus dem Bett und versuchte, ihren Kreislauf in Schwung zu bringen. Am heutigen Tag war eigentlich der Fitnessklub dran. Lotte wollte das nicht versäumen, sie wollte ihrem alten Körper aber auch nicht zu viel zumuten. Sie stellte sich unter die Dusche und ließ das Wasser eine halbe Ewigkeit über ihren Kopf rinnen. Als Lotte aus der Dusche stieg, fühlte sie sich schon wesentlich besser. Eine Tasse Earl Grey würde den Rest erledigen.

Sie ging zum Frühstück. Hans und Hilde saßen schon am Tisch. Johannas leerer Platz betrübte sie noch immer. Lotte erzählte vom gestrigen Abend. Die beiden schüttelten nur den Kopf. Fast so, als wären sie zu Liz' Stellvertretern ernannt worden. Was sie sich bloß dabei gedacht habe und wer der junge Mann überhaupt sei. Lotte wusste eigentlich noch immer fast nichts über Miki. Ja, was hatte sie sich bloß dabei gedacht? Sie grinste still in sich hinein, ein bisschen Spaß haben vielleicht, ein wenig nette, junge Gesellschaft genießen. Einfach leben, was sollte daran schon verkehrt sein? Lottes Menschenkenntnis hatte sie noch selten im Stich gelassen, na ja, bei Georg vielleicht. Aber was Miki und seine Freunde anbelangte, da hatte sie keine Sekunde lang Bedenken ob irgendwelcher unehrenhafter Motive.

Sie schlürfte ihren Tee und ihre Lebensgeister kehrten langsam zurück. Die Wärme kroch in ihren Körper und sie fühlte sich wieder strotzend vor Kraft.

Was soll's, dachte sich Lotte, hier im Haus des Lebens lebendig begraben zu sein, erschien ihr keineswegs eine perfekte Alternative zu sein. Sie hatte nichts zu verlieren. Wovor sollte sie sich fürchten und wovor fürchteten sich eigentlich Hilde und Hans? Vor ihrem eigenen Lebenswillen vielleicht? Davor, was andere denken könnten? So etwas war Lotte längst egal, dafür war das, was vom Leben noch übrig war, einfach zu kurz.

Nach dem Frühstück wollte sie es dann doch versuchen mit dem Sport. Im Klub würde man sich sonst auch noch Sorgen machen um sie. Sie liebte ihre kleine rosa Welt.

„Hallo Lotte, guten Morgen", tönte ihr Heidi, die Klubbesitzerin, fröhlich entgegen. „Schön, dich zu sehen. Wir haben dich schon vermisst." Lotte erzählte von Johanna und alle waren betroffen. Lotte war das Vorzeigemodell im Klub. Sie waren alle mächtig stolz auf ihr ältestes Mitglied. Sie hatte noch vor wenigen Wochen für ein weiteres Jahr Mitgliedschaft unterschrieben und war sich ganz sicher, dass sie das auch noch voll nützen würde.

Lotte zog sich um. Diesmal ging ihr alles ein wenig langsamer von der Hand, aber sie hatte ja Zeit. Als sie erst einmal im Zirkel ihren Platz gefunden hatte und von Niki, der Trainerin, die Übungen der Woche gezeigt bekam, war ihre Müdigkeit aber schon fast wieder verflogen.

Sie liebte das Training, es war immer auch ein Training für die Lachmuskeln. Sie mochte die anderen in der Runde. Wenn man regelmäßig zur selben Zeit kam, traf man fast immer dieselben Leute. Man kannte ein wenig ihre Schicksale und vermisste sie, wenn sie einmal nicht da waren. Wie eine kleine Familie, dachte Lotte manchmal.

Im Zirkel hatte sie auch Klara kennengelernt. Klara war gute zehn Jahre jünger als Lotte, ein stiller, sanfter Mensch. Manchmal gingen die beiden nach dem Sport noch auf eine Tasse Tee, einmal hatten sie sich schon zu einem gemeinsamen Museumsbesuch verabredet. Als Klara im Klub anheuerte, hatte sie gerade ihren Mann verloren und selbst eine schwere Krankheit überstanden. Sie war damals ziemlich mutlos. Lotte hatte das erkannt und mit ihren aufmunternden Worten einen Zugang zu ihr gefunden.

Klara hatte keine Kinder und keine Verwandten, jedenfalls keine, mit denen sie etwas zu tun haben wollte. Nach dem Tod ihres Mannes war sich die liebe Familie wegen des Erbes in die Haare geraten. Klara hatte das nie verstanden. Was ging die anderen ihr spärlich zusammengetragenes Erspartes an? Klara war immer ein großzügiger Mensch gewesen, aber irgendwo hörte sich alles auf. So kam Klara schließlich auf den Hund. Um nicht ganz zu vereinsamen, hatte sie sich

Ben angeschafft, einen vorwitzigen kleinen Kerl aus dem Tierheim. Ben war damals erst zwei Jahre alt und hatte noch nicht viel Schönes erlebt. Klara und Ben waren ein richtig gutes Gespann. Nur manchmal hatte Klara Sorgen, wenn sie ein paar Tage jemanden zum Aufpassen für Ben gebraucht hätte. Lotte wäre liebend gerne eingesprungen, aber im Heim war man da nicht so aufgeschlossen. Bis auf den unglückseligen Fritz damals wurden keine Tiere geduldet.

An diesem Tag hatte Klara wieder diese Sorgenfalten im Gesicht. Ben schlief in einer Ecke des Fitnessstudios. Hier waren Hunde und Kinder gleichermaßen willkommen. Nur Männer mussten draußen bleiben! Lotte fand das gut.

Wie Lotte später herausfand, musste Klara für eine Nachsorgeuntersuchung ins Spital und hatte niemanden für ihren pelzigen Liebling. Lotte verfluchte sich manchmal dafür, dass sie Handys so rigoros ablehnte. Gelegentlich konnte man damit einfach schnell und unkompliziert eine Lösung finden. Sie wollte für Klara eine gute Möglichkeit finden, Ben unterzubringen. Miki hätte vielleicht eine Idee. Er hinterließ bei Lotte immer den Eindruck, als sei nichts auf der Welt ein Problem. Konnte sie ihre noch so junge Freundschaft mit Miki schon mit Hilferufen für Dritte belasten? Lotte war sich sicher, sie fühlte einfach, dass es richtig war. Es schien ihr, als würde sie Miki eine Ewigkeit kennen.

Zu Klara sagte sie: „Gib mir bis übermorgen Zeit, vielleicht finde ich jemanden, der helfen kann. Zur Not schmuggle ich ihn ins Heim." Lotte grinste schelmisch.

Klara seufzte, Lotte wäre wohl dazu imstande.

Ja, das war der Unterschied zu den eigenen vier Wänden, dass man sich gemeinschaftlichen Regeln zu unterwerfen hatte. Lotte hatte das nicht bedacht, als sie sich dazu entschloss, im Haus des Lebens einzuziehen. Sie sah nur die Vorteile und die überwogen ohnedies. Man bekam das Essen serviert, gab die Wäsche zum Waschen ab, hatte Gesellschaft, wenn einem danach war, und wurde, wenn nötig, medizinisch versorgt. Aber leider wurde man auch stets ein wenig bevormundet und manche Dinge gingen einfach gar nicht. Wie das mit Ben eben. Lotte war sich sicher, sie würde eine Lösung finden.

Früher hatte Georg immer alle Lösungen gefunden, Lotte hatte sich nie dagegen gewehrt, als wäre sie ein unmündiges Kind. Inzwischen wusste sie nicht mehr, wie sie dieses Leben ausgehalten hatte, wahrscheinlich war es einfach bequem. Glücklich war sie jedenfalls selten.

In letzter Zeit fühlte sich Lotte immer glücklicher, es hatte auch mit Miki zu tun. Sie freute sich über den Freund, der nicht im Haus des Lebens wohnte und erheblich viel mehr Lebensgeister zu haben schien als alle Heimbewohner zusammen. Das tat Lotte gut.

Nach dem Training machte sich Lotte daran, ihre Schallplattensammlung zu entstauben, die eine oder andere Platte aufzulegen und im Takt der Musik zu träumen. Sie hatte das eine Ewigkeit nicht mehr getan. Miki war begeistert, als sie ihm von ihrer großen

Sammlung erzählt hatte. Sie hatte ihm versprochen nachzusehen, ob sie eine bestimmte Jazzplatte hatte. Sie war sich sicher, aber irgendwie kam sie nicht voran beim Durchsehen. Zu viel gefiel ihr und musste auf den Plattenteller. Manche Lieder brachten ihr längst verdrängte Erinnerungen zurück.

Einmal hatte Georg sie auf eine Firmenfeier mitgenommen. Es blieb ihm nichts anderes übrig, denn sein Chef hätte wohl wenig Verständnis gehabt, wenn er zur Firmenfeier mit einer auffrisierten Blondine erschienen wäre. In der Firma ahnte man nichts von Georgs Eskapaden und seinem Doppelleben. Dort mimte er den braven Familienmenschen. Sein Chef war ziemlich konservativ. So kam Lotte in den seltenen Genuss, ausgeführt zu werden.

Sie liebte es zu tanzen, aber mit den Jahren war sie eingerostet. Als sie sich mit Georg zu diesem Lied im Kreis drehte, vergaß sie für einen Augenblick ihr Dilemma. In solchen Momenten wusste sie, warum sie sich damals in Georg verliebt hatte. Er roch so gut, war gut aussehend und in grauer Vorzeit war er auch zu ihr galant gewesen.

Lotte konnte sich durchaus vorstellen, was die jungen Dinger an ihm fanden, zumal er auch mit seinem und Lottes Geld durchaus großzügig um sich warf. Lotte wusste genau, dass manche Dienstreise nur ein Vorwand war, um irgendwo in Paris oder Mailand ein paar schicke Tage zu verbringen. Eigentlich dachte sie, sie würde das tolerieren und durchstehen, bis Georgs Libido nachlassen würde. Sie hatte dabei nicht mit seiner unerschöpflichen Kondition gerechnet und nicht damit, dass sich eines Tages ihre Selbstachtung zurückmelden würde. Es war ja nicht so, dass Lotte das immer gleichgültig gewesen wäre, sie hatte getobt, geweint, geschrien, aber immer nur im stillen Kämmerlein. Sie hatte gelitten wie ein Hund, aber andere haben das nie zu Gesicht bekommen. Reden mit Georg zählte nicht zu ihren Stärken und so mimte sie immer nur die hingebungsvolle Ehefrau, die Tolerante. Ach, was war sie doch für eine dumme Kuh!

Was scherte sie sich eigentlich immer darum, was die anderen dachten? Lotte verstand sich selbst nicht mehr. Sie begann, einen Plan zu schmieden, wie sie Georg nach Strich und Faden ausnehmen konnte, und legte sich einiges auf die Seite dabei. Als sie ihn dann endlich vor vollendete Tatsachen stellte, war er so erstaunt und überrumpelt, dass er sich gar nicht erst wehrte. So kam es, dass Lotte plötzlich frei und gut versorgt war. Und einsam. Aber war sie das nicht auch schon mit Georg?

Sie rappelte sich hoch und war endlich bei der richtigen Platte angekommen. Sie freute sich wie ein kleines Kind und konnte es kaum erwarten, Miki zu treffen.

Das hier würde seine erste Entlohnung sein!

7

Vor der Tür sah sie schon Mikis Jazz-Kiste. Er saß bereits an seinem Stammtisch, als Lotte das Café betrat. „Melange?", fragte er sie, nachdem er sie fast liebevoll herzlich an sich gedrückt hatte. Lotte gestand ihre Vorliebe zu Earl Grey mit etwas Zitrone. Als beide mit ihren Lieblingsgetränken versorgt waren und kurz über Mikis Auftritt geplaudert hatten, rückte er mit Lottes Liste heraus. Sie streichelte fasziniert über den weichen roten Umschlag und ihr Herz hüpfte vor Freude.

Nun würde sie in die Geheimnisse des Computers eingeweiht. Man war nie zu alt, da war sie sich sicher. Miki legte die Liste vor Lotte hin. Sie solle keine Scheu haben, man könne praktisch nichts falsch machen, zumindest nichts, was er nicht wieder in Ordnung bringen könnte. Miki hatte wieder einmal das selbstsichere Grinsen im Gesicht, das Lotte so an ihm mochte.

Wenn man die weiche Hülle aufklappte, war das Tablet automatisch eingeschaltet und verlangte nach einer Zahlenkombination. 0-7-0-4. Miki hatte vorerst einmal seinen Geburtstag dafür ausgesucht. Lotte könnte das später ändern, aber eigentlich wollte sie das nicht, vor Miki hatte sie keine Geheimnisse. Sie tippte vorsichtig mit dem Finger die Zahlen und bekam einen Bildschirm mit lauter kleinen bunten Kästchen zu sehen. „Das sind Apps", sagte Miki, „für die verschiedensten Anwendungen, aber dazu später." Er zeigte Lotte, wie man die Hülle richtig faltete, um sie als kleinen Standfuß zu nützen.

Dann zeigte er ihr den zentralen kleinen Knopf, mit dem sie jederzeit zum Ausgangsbildschirm mit den bunten Kästchen zurückkommen konnte. Egal wohin sie sich verirrt hatte.

Miki tippte nun auf die App, unter der „Fotos" stand. Lotte jauchzte fast vor Freude, ein Bild, das Tom von ihr und Miki beim Auftritt im Jazzcafé gemacht hatte, strahlte ihr entgegen. Miki richtete es so ein, dass es jedes Mal, wenn sie die Liste aufschlug, unter dem Zahlencode zu sehen war. Sie könnte später gerne ein Bild damit aufnehmen und es dagegen austauschen. Lotte dachte gar nicht daran, das jemals wieder auszutauschen! Was sie viel mehr interessierte: Ihre Liste war auch ein Fotoapparat?

Miki bejahte und meinte, man könne noch viel mehr damit anstellen.

Man könne es wie ein Lexikon benutzen und auch zum Musikhören verwenden.

Das war das Stichwort für Lotte, sie wandte sich kurz von der Liste ab. Fast hätte sie vergessen, dass sie Miki die Platte mitgebracht hatte. Ein Original, Lotte hatte sie Anfang der Sechzigerjahre selbst gekauft, es war eine ihrer ersten Schallplatten und sie hatte lange dafür sparen müssen. Als sie die Scheibe aus ihrer Tasche hervorzauberte und Miki überreichte, sah sie ihn das erste Mal sprachlos. Er war so begeistert, dass er aufsprang, vor Freude hüpfte und mit der Platte durchs ganze Café tanzte. Jeder bekam sie vor die Nase gehalten, ob er wollte oder nicht. Er streichelte das

Cover wie einen heiligen Schatz. Ob er sie zum Überspielen ausborgen dürfe, wollte Miki wissen. Er sei auch unter Garantie ganz vorsichtig und würde sie unbehelligt wieder zurückbringen. Lotte sagte Nein. Miki guckte verdutzt. „Nein", wiederholte Lotte.

Das sei vielmehr ein Geschenk für ihn, für ihre heutige erste Nachhilfestunde. Es wäre ihr eine Ehre, wenn er das annehmen würde. Miki wurde blass, nein, das gehe auf gar keinen Fall. „Lotte", sagte er, „diese Platte ist viel Geld wert unter Sammlern." Aber sie bestand darauf und wollte seine Widerrede gar nicht erst hören.

Die schönen Momente, die Miki ihr in den wenigen Wochen schon geschenkt hatte, waren mit Geld gar nicht aufzuwiegen. Und schon gar nicht mit etwas, was sonst ohnedies nur vor sich hin verstaubte. Lotte war sich nicht ganz sicher, ob Miki das annehmen würde, und eigentlich ehrte ihn das auch in ihren Augen. Sie diskutierten jetzt nicht weiter über die Platte, sondern wandten sich wieder der Liste zu.

Miki nahm die Liste und knipste im Café wie wild um sich. Er knipste Lotte, sich selbst, die Platte, seinen kleinen Braunen, Lotte mit Teetasse, das schrullige Eck, in dem sie saßen, und den bunten Zeitungsberg am Tresen und machte im Nullkommanichts eine launige Diashow daraus. Jetzt war es an Lotte, baff zu sein, und Miki sagte, das sei jetzt sein Dank. Earl Grey, Platte, Miki und das schrullige Café tanzten von Musik begleitet über ihr Tablet. Ob sie das alle jemals verstehen konnte?

Und sie hatten noch nicht einmal mit der eigentlichen Liste begonnen!

„So", sagte Miki, „jetzt ist aber Schluss mit der Herumalberei", schließlich habe ihn Lotte so reich beschenkt, dass er noch wochenlang in ihrer Schuld stehen würde. Er versprach, eine 1-a-Computerexpertin aus Lotte zu machen. „Du wirst staunen, Lotte." Miki begann, einiges zu erklären. Er tippte auf die App, in der die Liste vorerst einmal entstehen sollte. Er ermutigte Lotte, auf der kleinen Tastatur, die im unteren Teil des Computers zum Vorschein kam, zu tippen.

„lottesliste", sie kreiste und suchte nach den jeweiligen Buchstaben. Lotte war mehr als aus der Übung. Es war gar nicht so einfach. Lotte konnte weder große Buchstaben finden noch ein Rufzeichen schreiben. Miki schien sich dadurch nicht entmutigen lassen.

Er begann, Lotte die einzelnen Tasten zu erklären. Mit einer Engelsgeduld. Er sagte, seine Studenten hätten ihn gelehrt, dass man nichts voraussetzen dürfte. Wieder grinste er schelmisch. „Wir schaffen das schon."

Seine Studenten? Lotte wurde hellhörig, aber sie musste sich im Moment zu sehr konzentrieren, denn sie wollte eine gute Schülerin sein.

Lottes Liste!!!

Miki klatschte Beifall zu dem kleinen Erfolg. Er

nahm die Liste und schrieb selbst ein paar launige Zeilen darauf wie: „Lotte muss noch viel lernen. Lotte muss täglich eine Stunde üben. Lotte liebt Earl Grey und gute Musik. Miki ist ein guter Lehrmeister. Mikis Jazz-Kiste rostet. Das alte Kaffeehaus ist schrullig."

Dann zeigte er ihr, wie man sich in der Liste hinauf und hinunterbewegen konnte. Wie man nach links und nach rechts kam. Wie man etwas dazwischenschreiben konnte und wie man etwas wieder wegbekam. Ob man auch etwas nur durchstreichen konnte, wollte Lotte wissen. Sie wusste, sie würde sich von ihren alten Gewohnheiten nicht trennen wollen. Somit war Löschen für sie nicht wirklich eine Alternative. Man konnte. Miki zeigte ihr auch das noch. Er versprach, ihr jeden Tag ein bisschen mehr zu zeigen, aber für diesen Tag sei es vorerst einmal genug. Lotte hatte vieles eifrig notiert, war aber schon jetzt sicher, dass sie das alleine nicht so schnell hinbekommen würde. Sie war reichlich verwirrt.

Hausaufgabe sei es, seine spaßigen Eintragungen gegen ein paar richtige aus Lottes Liste zu ersetzen. Ihre Finger schmerzten schon, aber ehe das alles für sie zur Selbstverständlichkeit wurde, musste jeden von Mikis Schritten mitschreiben. Schließlich war sie es ja gewohnt, lange Listen zu schreiben.

Lotte merkte, wie sie langsam unaufmerksam wurde. Sie war so sprühend vor Tatendrang, aber die Jahre forderten ihren Tribut. Die Knochen taten einfach schneller weh als früher und die Müdigkeit übermannte sie manchmal ganz unvorhergesehen. Lotte nahm das, wie es kam, sie hatte ja nun die Zeit, auf ihren Körper zu hören.

Miki sagte, für heute sei endgültig Schluss, sonst würde sie ihm die Liste vielleicht noch an den Kopf werfen. Er hatte es bemerkt. So ein feinfühliger, liebevoller Bursche wie er war wohl wirklich kein zweites Mal zu finden.

Bevor sie sich trennten, erzählte Lotte Miki noch von Ben und Klara. Das war ihr ganz wichtig. Fast hätte sie es vergessen. Ob er vielleicht irgendjemanden wüsste, wo der kleine Racker für ein paar Tage unterkommen könnte. Miki überlegte nicht lange, er liebte Hunde.

Als Junge hatte er selbst einen und der war ihm in einer wichtigen Phase seines Lebens der einzige treue Freund gewesen. Er wusste ganz genau, wie bedeutsam so ein vierbeiniger Gefährte sein konnte.

Er könne ihn gerne zu sich nach Hause mitnehmen für ein paar Tage, das wäre kein Problem. Wenn er für kurze Zeit alleine gelassen werden könnte, dann überhaupt. Die Nachhilfestunde könnten sie auch gerne bei ihm zu Hause machen, oder Ben käme einfach mit ins Café. Lotte hüpfte innerlich vor Freude, dass das so unkompliziert klappte.

Sie hatte es gewusst, in diesem Punkt war sie nicht einmal überrascht. Klara würde sehr erleichtert sein. Lotte würde sich für Miki verbürgen.

Jetzt war es an der Zeit für Lotte, ein wenig mehr über Miki in Erfahrung zu bringen. Die Geschichte mit den Studenten fiel ihr wieder ein.

Er erzählte, er lebe in einer Wohngemeinschaft mit seinem Freund Tom. Tom musste früh raus, wie Lotte ja schon wusste. Aber er kam oft in der Mittagspause heim und so könnte er sich mit Miki sicher für ein paar Tage die Aufgabe teilen, Ben zu versorgen. Er selbst arbeite viel zu Hause oder, wenn ihm die Ruhe zu Hause zu viel wurde, hier im Café.

„Was, hier spielst du auch?" Lotte war erstaunt. Nein, die Musik sei zwar sein Leben, aber eigentlich finanziere er damit mehr schlecht als recht sein Studium. Und mit Arbeiten meinte er, an seiner Doktorarbeit zu schreiben. Doktorarbeit? Lotte stand der Mund offen. Wie ein Arzt sah Miki nun wirklich nicht aus. Miki sah ihr das an.

Er sei Master of Science, ein Diplomingenieur der technischen Physik, der gerade an seinem Doktortitel herumdoktere. Miki grinste. Wow, Lotte hätte Miki viel zugetraut, aber das? Ihr fielen die lustigen Jungs aus ihrer Vorabendserie ein und sie musste schmunzeln. Ob er mit Tom auch in so einer verrückten WG hauste? Jetzt wusste Lotte auch, warum Miki so viel Zeit hatte oder besser gesagt sich seine Zeit so gut einteilen konnte.

Er erzählte, dass er zweimal in der Woche Studenten auf der Universität zu betreuen hatte, samstags manchmal im Baumarkt aushalf und zusätzlich mit der Musik ein wenig Geld verdiente. Das alles reichte, um mit Tom gemeinsam für die Wohnung und das Leben aufzukommen.

Ob er denn keine Eltern habe, die ihn unterstützten, wollte Lotte wissen. Wenn sie daran dachte, was sie Lisa alles hineingestopft hatten. Die hatte damals nicht einmal im Entferntesten daran gedacht, selbst etwas beizutragen. Mikis Miene verfinsterte sich, er wirkte mit einem Mal fahl und traurig. „Du wirkst müde, Lotte, und ich muss noch auf die Uni." Er wich ihr aus. Lotte war an Miki interessiert, aber sie war keine neugierige Alte. Sie wusste, andere zu respektieren und Grenzen einzuhalten. Offenbar hatte sie seinen wunden Punkt getroffen.

Lotte packte die Liste wie einen Schatz in ihre Tasche, zahlte für sich und Miki, wieder unter Mikis Protest, und verließ gemeinsam mit ihm das Café. Er wollte sie gern nach Hause fahren, aber Lotte wollte unbedingt die paar Schritte laufen. Durch das lange Sitzen war sie ganz steif geworden.

Sie fragte sich, welche Aufgaben so ein Physiker hatte. Wieder hatte sie vergessen, Miki zu fragen, ob sie mit der Liste skypen könne. Sie würden sich in einer Woche wieder treffen. Miki hatte in seine Spaßliste noch seine Telefonnummer hineingetippt. Für den Fall, dass sie Fragen haben würde, die nicht so lange warten konnten, und für den Fall, dass sie wegen Ben schon eher etwas bräuchte. Er war unkompliziert. Lotte hatte die Telefonnummer vorsichtshalber auch mitgekritzelt, falls ihr die Liste einen Streich spielen sollte und sie erst gar nicht so weit kam, auch nur irgendetwas wieder zutage zu bringen.

8

Die Woche, bis sie Miki wiedersehen würde, wollte Lotte zum fleißigen Üben nützen.

Als sie am nächsten Morgen nach dem Frühstück die rote Hülle das erste Mal wegklappte, erschienen die Zahlen. „Code eingeben". Hm, Lotte hatte vieles mitgeschrieben, aber gleich am Anfang, da war sie noch zu zappelig und abgelenkt von ihrer Begeisterung.

0-7-0-5? „Code eingeben" wurde kurz von links nach rechts gerüttelt und nichts tat sich. Sie war sich sicher, dass 0-7 stimmte, denn Lisa war auch an einem Siebten geboren worden, das hatte sie sich gemerkt. Da fiel ihr ein, dass sie kurz gedacht hatte, Miki sei ein Widder, und schon mit dem nächsten Versuch öffnete sich die Seite mit den bunten Kästchen. Sie tippte auf die Liste und verglich Mikis Telefonnummer zur Sicherheit mit der auf ihrer Papierliste. Dann klappte sie das Tablet einfach wieder zu und versteckte es unter ihrer Unterwäsche. So wie sie es immer mit ihrer alten Liste tat.

Denn bevor sie sich ihrer neuen Aufgabe widmete, musste sie erst noch die geliebten alten Zettel mit aller Gründlichkeit studieren und sich einen Plan zurechtlegen. Lotte hatte eine Woche Zeit, erste Erfolge aufzuweisen, aber an diesem Tag hatte sie anderes vor. Es war der Tag von Johannas Beerdigung.

Sie wollte sich mittags mit einem Grüppchen Heimbewohnern treffen, um gemeinsam zum Friedhof zu fahren. Dass die Heimleitung einen Bus für sie organisierte, hatten sie abgelehnt. Ihre Unabhängigkeit war ihnen manchmal wichtiger als ihre Bequemlichkeit und es trafen ohnedies nur die zusammen, die noch gut bei Fuß waren.

Lotte war sich nicht mehr ganz sicher, ob die Geschichte mit dem Papagei der Würdigkeit so eines Ereignisses entsprechen würde. Aber eine humorvolle Geschichte über einen Menschen zum Besten zu geben erschien ihr als gute Möglichkeit, mehr von dessen Persönlichkeit preiszugeben. Über das lange, schwere, erfolgreiche, aber auch glückliche Leben von Johanna würden ohnedies Pfarrer und Sohn im gleichen Ausmaß genug zu berichten haben.

Hans hatte auch noch ein paar Worte zu ihr als liebevoller Zuhörerin und Ratgeberin vorbereitet. Hilde hatte ihren Beitrag, den selbst gestrickten Poncho, schon vor zwei Tagen bei der Tochter vorbeigebracht.

Also machten sie sich auf zur Straßenbahnhaltestelle. Die meisten waren schwarz oder zumindest gedeckt bekleidet. Hilde stach wie immer heraus, sie trug eine bunt gekringelte Strickjacke. Aber das war Hilde, niemand hätte sie je verbiegen können und das war gut so. Johanna hätte das gefallen.

Auf der Beerdigung trafen sie Johannas Kinder und die wenigen Verwandten, die noch übrig waren, ein paar frühere Nachbarn und die Heimleitung. Es wurde ein schönes, fast fröhliches Fest. Johanna hätte auch das gefallen. Johannas Sohn bedankte sich herzlich bei Hilde, Hans und Lotte für den nicht unwesentlichen

Teil, den sie dazu beigetragen hatten. Mit einem Augenzwinkern versicherte er, dass er die Geschichte mit dem Papagei noch nie gehört hatte. Das sei typisch für seine Mutter gewesen, im Innersten war sie ein ganz scherzhafter Mensch gewesen. Ihre Vorliebe, Schabernack zu treiben, war aber meist durch die schwierigen Zeiten unterbunden gewesen. Er sah in der Geschichte mit Fritz so etwas wie einen Befreiungsschlag seiner Mutter. Im Haus des Lebens wurden ihr endlich von anderen Menschen die Entscheidungen abgenommen. Sie war nicht mehr die, die immer die Starke sein musste, die, die sich für alle aufopfern musste, sie konnte sich erstmals völlig unwesentlichen Dingen hingeben. Lotte verstand zum ersten Mal so richtig, was Johannas Beweggrund gewesen sein musste, dem armen Fritz ein so unglückseliges Sprüchlein aufzuschwatzen und ihn damit für immer in die Verbannung zu schicken.

Nach der Beerdigung waren sie noch zum Leichenschmaus eingeladen. Den Alten war essen immer wichtig, Lotte ein wenig weniger. Sie plauderten, lachten und gedachten noch ein wenig Johannas. Das Leben ging einfach weiter. Lotte erschien es immer, als ob alle nur warten würden, bis der geliebte Mensch unter der Erde war. Der Startschuss, um wieder heiter zu sein. C'est la vie!

Als sie wieder im Heim ankamen, trennten sich ihre Wege und jeder strömte in sein Zimmer. Der eine zum Rasten, der andere zum Fernsehen oder Lesen. Es war nie so, dass irgendjemand nichts mit seiner Zeit anzufangen wüsste.

Lotte war müde. Es wäre kein erfolgreicher Tag zum Üben. Sie wollte von ihrer Liste nichts wissen. An manchen Tagen war sie auf ihre Liste nicht gut zu sprechen, dann nämlich, wenn sie sich zu alt dazu fühlte, all den Dingen, die sie von sich selbst noch forderte, nachzukommen. Manchmal fühlte sie sich dadurch auch unter Druck gesetzt. Zum Glück war das aber nur selten der Fall. Meistens war es die Liste, die sie beflügelte und ihre Lebensgeister zum Erwachen brachte.

Lotte nahm es, wie es kam, sie wusste, dass die Tage, an denen sie sich nichts von ihrer Liste vorschreiben ließ, sie nicht beunruhigen mussten. So war auch der Reiz des Neuen an diesem Tag schwächer als ihr innerer Schweinehund. Er war einfach nicht zu besiegen.

Sie setzte sich vor den Fernseher und sah sich eine Kochsendung an. Stellvertretend für Johanna sozusagen. Dann schlief sie im Sessel ein und träumte von Liz und ihren Enkeln im fernen Australien. Wie gerne hätte sie ihre Lieben in nächster Nähe gehabt.

Wenn sie noch lange mit ihrer Flugangst kämpfen würde, konnte sie nie Hand in Hand mit William und Aaron durch den Zoo spazieren. Nur im Traum, sie alberten dann, kicherten und bekleckerten sich von oben bis unten mit Eiscreme. Alle drei.

Als Lotte aufwachte und sich rekelte, war sie wieder

alleine. Die alten Knochen taten weh und die Lust aufs Leben war nicht zurück. Sie war schlecht gelaunt, griesgrämig und böse auf Liz. Warum nur hatte sie ihr das angetan? Ja, Kinder müssten ihr Leben alleine auf die Beine stellen. Lotte wäre nie auf die Idee gekommen, ihnen auf die Pelle zu rücken. Aber musste sie denn gleich Tausende Kilometer weg von zu Hause sein? Immer war es schwierig, ein Besuch bei der Mutter in der alten Heimat ging sich nie aus. Sie arbeiteten viel, um sich ein Leben aufzubauen. Dann kam erst Aaron, dann wenig später William, die beiden waren nur eineinhalb Jahre auseinander. Mit William hatte Lisa auch eine sehr beschwerliche Schwangerschaft. Dann waren die Kinder zu klein, das Haus musste abbezahlt werden, zwischenzeitlich hatte Jim, die bessere Hälfte von Liz, einmal seine Arbeit verloren. Das Geld war einfach immer zu knapp. Hilfe von Lotte wollten sie nicht annehmen. Lisa hatte Lottes Sturkopf geerbt.

Es war nicht so, dass Lisa Lotte nicht gerne um sich gehabt hätte, sie hatte viele Jahre versucht, Lotte zu überreden, ein paar Monate bei ihnen zu leben. Aber Lotte traute sich nicht in den verdammten Flieger. Es schien ihr unvorstellbar, keinen Boden unter den Füßen zu haben, und der bloße Gedanke daran trieb ihr den Schweiß auf die Stirn und brachte ihr Herz zum Rasen. Bald würde sie zu alt sein, um rund um die halbe Welt zu fliegen. Nichtsdestotrotz wollte Lotte diesen Wunsch ganz oben auf ihre neue Liste setzen. Und sie dachte gar nicht erst daran, ihn durchzustreichen!

Sie rappelte sich hoch, wusch sich das Gesicht und machte sich auf zu Hilde. Lotte war sich sicher, Hilde mit ihren Stricksachen im Aufenthaltsraum zu finden. Sie brauchte jemanden zum Plaudern. Das war einer der Vorteile vom Haus des Lebens.

9

Lotte war eifrig am Lernen. Sie tippte, versuchte zu löschen, bildete eine lange Schlange von Wörtern und war schließlich am Verzagen. Sie war knapp daran, Miki anzurufen. Sie haderte, ordnete nebenbei ihre Papierliste, traf eine Gliederung selbiger, natürlich auf Papier, und versuchte unentwegt, die Wörterwurst am Tablet dazu zu bewegen, sich in von ihr gewünschte Zeilen teilen zu lassen. Sie war kurz vorm Verzweifeln. Sie hatte einfach vergessen zu notieren, mit welchem Zeichen sie das hätte schaffen können. Diese Liste mutierte zum reinsten Chaos. Da hatte sie eine Idee. Nein, sie wollte der freundlichen Nachtschwester Julia auf keinen Fall einen Einblick, noch nicht einmal einen Blick auf ihre neue Errungenschaft gewähren, aber sie musste das jetzt wissen.

Lotte war schon ganz zappelig, sie konnte den Schichtwechsel kaum erwarten. Als Julia den Kopf zur Tür hereinstreckte und salopp wie immer fragte „Was geht?", rief Lotte sie herein. Julia war überrascht, Lotte brauchte meist nichts und fürs Skypen war es noch zu früh.

Julia war eigentlich immer gut gelaunt, das kleine Piercing in ihrer Nase funkelte mit ihrem strahlenden Lächeln um die Wette. Sie versprühte ihre gute Laune im Zimmer, als hätte man einen Springbrunnen aufgedreht. Lotte mochte diese kleine zierliche Persönlichkeit von allen am liebsten. „Bitte, Frau Kalner, was kann ich für Sie tun?" Julia war unter ihrem

Arbeitskittel immer in poppigen Farben gekleidet, ihre langen Haare waren mal rosa, mal grün. An diesem Tag trug sie zur Abwechslung eine gekringelte bunte Strickmütze darüber, die sich weit in ihren Nacken zog. Lotte hatte Hilde schwer im Verdacht. So ein Ding konnte nur eine Maßanfertigung von ihr sein, das war ganz eindeutig ihre Handschrift.

Lotte musste ihre Bitte irgendwie umschreiben. „Julia, wissen Sie eigentlich, wie man eine unendlich lange Zeile am Computer dort zerteilen kann, wo man möchte?" Julia guckte verwirrt, als hätte Lotte plötzlich begonnen, Chinesisch zu sprechen. „Was wollen Sie denn machen, wollen Sie Ihrer Tochter ein Mail schreiben?"

Ja, das war die Lösung, sie erzählte Julia, dass sie unten im Aufenthaltsraum am Computer geübt hätte, um in Zukunft William und Aaron, wann immer ihr etwas einfiel, ein Mail schreiben zu können. Aber irgendwie hätte sie es nicht geschafft, die einzelnen Sätze voneinander zu trennen oder irgendwelche Abstände zwischen bestimmte Wörter zu bekommen. Julia grinste. Sie hätte gut zu Miki gepasst, die beiden hätten bestimmt einen Draht zueinander. Vielleicht betätigte Lotte sich ja auch irgendwann noch als Kupplerin. Normalerweise hätte sie das auch gleich auf ihre Liste gesetzt, aber sie hatte Angst, dass Miki das irgendwann lesen könnte. „Ach, Sie meinen eine Zeilenschaltung! Wenn Sie wollen, zeig ich Ihnen das nach meinem Tablettenrundgang mal eben."

Lotte war zufrieden, Zeilenschaltung hörte sich gut

an. Sie wollte Miki beeindrucken und mit Julias zusätzlicher Hilfe würde ihr das auch sicher gelingen.

Die ganze Woche über war sie mit der Liste beschäftigt. Sie konnte sich kaum losreißen. Nachdem Julia ihr noch ein wenig Hilfestellung am Heimcomputer gegeben hatte, ging es irgendwie ganz gut voran. Jeden zweiten Abend, wenn Julia Dienst hatte, erfragte sie noch ein paar Dinge dazu. Julia schien es Spaß zu machen und Lotte war froh, dass sie nicht wegen jeder Kleinigkeit Miki anrufen musste. Sie hatte Julia so ins Herz geschlossen, dass sie schon fast dazu geneigt war, ihr die Liste zu zeigen. Aber noch war Lotte nicht so weit, es sollte noch ein Geheimnis zwischen Miki und ihr bleiben.

Ganz oben auf ihrer Liste standen jetzt schon die Dinge, die sie wegen ihrer Flugangst nie würde umsetzen können. An erster Stelle natürlich ein Flug zu Lisa, Jim und den Kindern. Sie hatte sich nicht gemerkt, wie man Dinge durchstreichen konnte, und ihre Mitschrift war diesbezüglich nicht zu entziffern. Vielleicht war das ja auch ein Omen. Bis jetzt wollte sie das auch noch nicht ändern und Julia hätte sich wohl auch nur gewundert, wenn sie etwas hätte durchstreichen wollen, statt es zu löschen. Aber das machte eben doch einen erheblichen Unterschied auf ihrer Liste!

10

Neben der ganz großen Sehnsucht nach Australien stand da noch der Besuch der Metropolitan Opera in New York. Lotte liebte die Oper. Am liebsten wäre sie in den größten Opernhäusern der Welt aus- und eingegangen wie Miki in seinem Stammlokal. Mit Georg hatte sie es gerade mal nach Verona und Mailand geschafft. Georg hatte ihr nicht oft Wünsche erfüllt. Aber manchmal, wenn er es zu weit getrieben hatte, dachte er sich etwas Nettes für sie aus. Er wusste, wie er Lotte wieder herumbekommen konnte. Und diese Tage waren dann trotz des traurigen Anlasses ein Genuss für Lotte.

Ach, was hätte Lotte heute für so ein Erlebnis alles gegeben. Sie hasste sich manchmal für ihre irrationale Angst, eine Angst vor etwas, was sie noch nie ausprobiert hatte. Sie verstand sich selbst nicht. Aber es war wie eine innere Sperre, die sich durch nichts überwinden ließ.

Liz hatte jahrelang auf sie eingeredet, aber es half nicht. Wie ein störrischer Esel, der weder vor- noch zurückzubewegen war. In diesem Punkt gab es kein Vordringen zu ihrer Vernunft! Wie schade, niemand bedauerte das mehr als Lotte selbst.

Über den fehlenden Operngenuss tröstete sie sich manchmal mit ihren Platten hinweg oder sie genoss die seltenen Übertragungen im Fernsehen. Den Weg in die Oper in Wien hatte sie schon lange nicht mehr geschafft.

Lisa, die Opern der Welt, das Taj Mahal in Indien, die Pyramiden in Ägypten, die Chinesische Mauer, eine Gartenreise durch Südengland oder einfach nur Meeresluft schnuppern waren nur ein winziger Auszug an Dingen, die Lotte für immer verwehrt bleiben würden.

Als sie jung war, hatte sie immer von den sieben Weltwundern geträumt. Vom Bereisen der großen, weiten Welt, vom Sternenhimmel in der Karibik und von vielem mehr. Sie war eine echte Tagträumerin. Wohl auch wegen Georgs Unverschämtheiten hatte sie sich oft und gerne weit weggewünscht. Trost fand sie in ihren Büchern, Kunst- und Geschichtsbände, mit denen sie in ihrer Fantasie alles Erdenkliche durchlebte. „Lotte ist wieder mal auf Reisen", hatte Georg gerne spöttisch bemerkt.

So reihte sie jetzt Wunsch an Wunsch auf ihrer Liste, mit dem kleinen Hintergedanken, dass sie das gut und gerne gleich alles weglassen könnte, aber es war eben ein Teil von ihr, ob durchgestrichen oder nicht.

Die Woche war schnell vorbei, Lotte hatte sich in ihrem Zimmer verkrochen und machte nur für die Mahlzeiten und den Sport eine Ausnahme. Sie freute sich darauf, Miki wiederzutreffen, um ihm erste Erfolge vorweisen zu können.

Wie immer waren sie im Café verabredet. Als Miki

erschien, saß Lotte schon in der Ecke, versorgt mit ihrem Tee und der Tageszeitung. Sie war sehr früh dran, denn ihre Unruhe war nicht mehr auszuhalten und schon beim Mittagessen wunderten sich Hilde und Hans über ihre Aufgeregtheit. Sie wollte nicht sagen, was sie vorhatte, damit die beiden ihr nicht mit einer erneuten Standpauke den schönen Tag verpatzten.

Gleich nach dem Essen zog sie los. Miki drückte sie wieder herzlich an sich und schien ehrlich erfreut, Lotte wiederzusehen. „Na Lotte, wie geht es dir?"

Sie plauderten über dies und das wie enge Vertraute, ehe sie sich der Liste widmeten.

Miki hatte eine Bitte. Er schickte aber voraus, dass Lotte diese auch ganz offen verwehren solle, wenn es ihr unbehaglich war damit. Durch die große Vorrede war Lotte ganz mulmig. Was kam jetzt? Miki bat darum, ihre Papierliste lesen zu dürfen, um die Wichtigkeit der Sache noch ein bisschen besser zu verstehen. Er hatte sich lange überlegt, ob er sie darum bitten dürfte, aber es schien ihm wichtig. Lotte spürte eine gewisse Sensibilität in der Luft. Sie überlegte nicht lange, es erschien ihr in diesem Augenblick einfach nur richtig. Sie holte das welke, dicke Bündel Papier aus der Tasche und überreichte es Miki. Er wollte es auf gar keinen Fall mit nach Hause nehmen, dafür schien es ihm zu kostbar, also vertiefte er sich hier und gleich in Lottes Liste.

Er lehnte sich zurück, entspannte sich, grinste manchmal, seufzte traurig oder richtete sich unvermutet auf. Die Muskeln in seinem Gesicht schienen eifrig mitzulesen, manchmal verkrampft, manchmal gelöst. Seine Augenbrauen zogen sich hoch, feine Fältchen umspielten seinen Mund, manchmal mehr, manchmal weniger. Lotte liebte es, ihn so zu beobachten. Er war eine gefühlte Ewigkeit in ihre Liste vertieft, schien nichts auszulassen. Als er wieder aufblickte, wirkte er sehr entschlossen. Eine Mischung aus Entschiedenheit und Betroffenheit umspielte sein Gesicht, vielleicht auch ein klein wenig Belustigung. Lotte war nicht klar, was das zu bedeuten hatte.

Miki hatte es wohl schon vorher gewusst, aber jetzt bestand kein Zweifel mehr. Er wollte Lotte helfen, die Liste abzuarbeiten. Nicht nur alles in Reih und Glied zu bringen, nein, vielmehr in ihrer Ausführung! Viele der Dinge ließen sich bestimmt meistern, wenn er seine Hilfe anbot.

Miki hatte in seiner Lebensplanung noch ein paar Monate für das Schreiben seiner Doktorarbeit vorgesehen. Für seine jungen Jahre war er schon sehr viel weiter als die meisten seiner Kommilitonen. Wenn Lotte Lust habe, würden sie sich gemeinsam an die Umsetzung mancher Anliegen machen. Das ließ sich sicher gut mit dem Fertigstellen seiner Arbeit vereinbaren.

Ein erster Wunsch stach Miki gleich ins Auge. Das mit dem einmaligen Opernerlebnis wollte er als Erstes in Angriff nehmen, ganz ohne Flug natürlich. Er hatte da so eine Idee.

Miki wusste nicht genau, wie er Lotte sein Vorhaben

näherbringen sollte. Sie schaute ihn mit großen Augen an und erwartete eventuell sogar Spott und Hohn über die törichte Liste. Aber ganz im Gegenteil, Miki schien gerührt, irgendwie war er sogar ergriffen.

Als er Lotte vorschlug, die Liste nicht nur im technischen Sinn, sondern auch im wirklichen Leben umzusetzen, verstand Lotte ihn zuerst gar nicht. Als sie begriff, was er da sagte, blieb ihr Mund sekundenlang offen stehen. Sie freute sich derart unbändig über Mikis Vorschlag, dass sie ins Stottern geriet. Sie hatte einen Verbündeten gefunden. Im nächsten Augenblick war sie sich nicht sicher, ob sie das annehmen konnte. Liz meldete sich in ihrem Innersten zu Wort. Miki sagte noch, sie solle sich keine Sorgen machen, er wolle natürlich nichts von ihr finanziert haben. Er würde seinen Teil selbst dazu beitragen. Das wäre ohnedies Lottes letzte Sorge gewesen. Sie wusste, dass Miki niemand war, der es auf ihr Geld abgesehen hatte. Was für einen wunderbaren Menschen hatte sie sich da bloß vor die Füße geworfen!

Lotte schwebte auf Wolke sieben und konnte es kaum erwarten, bunte Häkchen hinter ihren Vorhaben anzubringen. In Gedanken war sie schon wieder bei ihrer Papierliste. Bunte Häkchen, pfff. Sie fragte Miki, ob sie besondere Zeichen hinter ihre Wünsche setzen könnte, wie die Häkchen, Blumen, Herzchen, die er eben auf ihrer Liste zu Gesicht bekommen hatte. Er verstand sogleich, nahm die Liste, tippte wie wild darauf ein und siehe da. Er drehte Lotte die Liste hin. Hinter dem Opernwunsch prangte ein Notenschlüssel mit ein paar Noten, neben Lisa zwei Lachgesichter mit einem urigen Hubschrauber und hinter der Karibik die Sonne. Das war ja noch viel besser als ihre Buntstifte! Lotte war verzückt. Sie grinste wie ein Hutschpferd. Weihnachten und Ostern gemeinsam konnten nicht schöner sein!

Miki schulte sie kurz und Lotte vertiefte sich in die unendlichen Möglichkeiten an Symbolen. Sie fand sogleich ein Wollknäuel für Hilde und ein süßes Hundekind für Ben.

Für heute war wieder mal Schluss, die Zeit mit Miki rann ihr nur so durch die Finger. Sie verabredeten sich für Donnerstagabend. Er meinte, sie solle wieder ihre Jean und eine hübsche Bluse anziehen, er wolle sie gerne ausführen. „Spielst du wieder?", fragte Lotte. Aber Miki blieb verschwiegen, nur ein spitzbübisches Lächeln erhellte sein Gesicht. „Nein", sagte er kryptisch, „wir setzen unser erstes Vorhaben in die Tat um." Unser erstes Vorhaben! Das war wie Balsam für die Seele! Wie das klang, „unser"!

11

Lotte nahm sich trotz aller Euphorie ein wenig Auszeit von der Liste. Sie wollte sich nicht selbst verrückt machen. Sie war so übermütig und aufgekratzt, dass sie fürchtete, wenn sie so weitermachte, den Verstand zu verlieren oder gar einem Herzinfarkt zu erliegen. So wollte sie sich ein paar Tage den banalen Dingen des Lebens widmen. Sie hatte ein paar Besorgungen zu tätigen. Unter anderem wollte sie ein kleines Geschenk für Aaron besorgen, der in ein paar Wochen seinen achten Geburtstag feiern würde.

Sie ließ es sich nicht nehmen, ab und an persönliche Dinge oder kleine Albernheiten, Süßigkeiten oder kleine Legoautos an die Kinder zu verschicken. Mit zunehmendem Alter würde dies schwieriger werden und eine Geldspende von der Oma täte es wohl besser richten, aber Lotte war altmodisch. Liz wollte etwas für sie in Australien besorgen, aber das wollte Lotte nicht. Sie wollte nicht, dass irgendwer für sie diese Besorgungen machte. Die Vorfreude bei der Vorstellung, wie Aarons Augen beim Auspacken des Geschenkes leuchten würden, das für ihn um die halbe Welt geflogen war, war ohnedies schon das Einzige, was ihr blieb.

Sie nahm gleich nach dem Frühstück die Straßenbahn in die Stadt. Sie würde ausgiebig bummeln und sich anschließend ein auswärtiges Mittagessen gönnen. Lotte hatte sich vorsorglich vom Essen mit den Alten abgemeldet.

Als sie in der Innenstadt ankam, steuerte sie die große Einkaufscity an. Sie kannte dort ein paar nette kleine Geschäfte, durch die sie immer gerne stöberte. Ach, wie lange hatte Lotte eigentlich schon keine Shoppingtour mehr gemacht. Zuallererst wollte sie sich für Aaron umsehen. In ihrem Alter fiel es ihr schon schwer, sich in einen Achtjährigen hineinzuversetzen. Die Gratwanderung zwischen coolem Geschenk und Ladenhüter war groß. Sie wusste das. In einem kleinen Souvenirladen entdeckte sie ein T-Shirt, auf dem ein durchgestrichenes Känguru prangte, mit der Aufschrift „No kangaroos in Austria". Das gefiel Lotte und Aaron würde das sicher lustig finden. Dazu entdeckte sie eine Badehose in Lederhosenoptik. Lotte war stolz auf ihren Fund. Im Spielzeugladen fand sie noch ein Lego-Raumschiff. Die junge Verkäuferin versicherte ihr, dass das derzeit bei den Jungs der Renner sei. Dann überfiel sie noch den Süßwarenladen und ihr Geschenk war komplett. Das lief ja wie am Schnürchen.

Nun wollte Lotte darangehen, sich selbst etwas Gutes zu tun, wie immer fiel ihr das gar nicht so leicht. Sie dachte meist lieber an die anderen. So erstand sie im Vorübergehen noch ein paar witzige bunt melierte Wollknäuel für Hilde. In einer Bijouterie fand sie eine lange silberne Kette mit einem entzückenden Pandabär-Anhänger für Julia. Der herzige Kerl mit den baumelnden Beinchen und den treuherzigen großen Augen würde ihr bestimmt gefallen. Lotte wollte sich für ihre Hilfsbereitschaft und ihre liebenswerte Fröhlichkeit bedanken, obwohl sie wusste, dass der

Belegschaft die Geschenkannahme eigentlich verboten war. Schließlich war das Modeschmuck und kostete kaum mehr als eine ordentliche Packung Bonbons. Würden die Mädels alles essen, was ihnen die Alten so an Süßigkeiten zusteckten, würden sie sich schon bald sehr behäbig durchs Haus des Lebens schieben. Lotte mochte diesen Einheitsgeschenkebrei nicht.

Jetzt stand sie aber verzückt vor einem Schuhgeschäft und hatte sich in hellgrüne Ballerinas verguckt. In ihrem Alter? Na ja, probieren kostet ja nichts. Die Dinger machten es Lotte verdammt schwer zu widerstehen, denn sie passten ihr wie Patschen und waren nicht einmal teuer. Sie überlegte kurz. Mit ihrer Jean, der weißen Bluse und dem Schal, den sie in fast dem gleichen Farbton besaß, könnte sie sich am Donnerstag für Miki schick machen. Sie liebte Grüntöne und fand, dass das wunderbar mit ihrem roten Haar harmonierte. Lotte war immer noch eitel wie ein junges Mädchen. Noch einmal würde sie sich nicht der Torheit hingeben und mit ihren High Heels antanzen. Lotte schlug also zu, zahlte und begab sich dann auf die Suche nach einer geeigneten Mittagsrast.

Sie liebte Sushi, so etwas gab es früher nicht. Lisa hatte sie einmal vor vielen Jahren zu einem Japaner ausgeführt. Damals war in ihr die Liebe zu Sushi und Maki entfacht. Als sie sich im Lokal niederließ und bestellte, hörte sie plötzlich eine bekannte Stimme. Sie drehte sich um und entdeckte Tom, Mikis Freund. Lotte war verzückt, als er auf sie zukam, sie herzlich umarmte und sich sichtlich freute, sie wiederzusehen.

Sie hätte nicht einmal erwartet, dass er sie wiederkennen würde, geschweige denn so herzlich begrüßte.

Tom verbrachte seine Mittagspause hier, seine kleine Bäckerei war über Mittag geschlossen. Er gesellte sich zu ihr und plauderte munter über seinen Laden, fragte nach Ben und versicherte, sich schon riesig auf ihn zu freuen. Ob Lotte Zeit habe, wollte er wissen, er würde ihr gerne die Bäckerei zeigen und sie auf einen kleinen Nachtisch einladen. Lotte war begeistert. Sie war zwar schon rechtschaffen müde von ihren Besorgungen, aber das wollte sie sich auf keinen Fall entgehen lassen. Tom war mindestens so charmant wie Miki und Lotte konnte ihr Glück kaum fassen, für den Nachmittag mit so netter Gesellschaft versorgt zu sein.

Sie aßen genüsslich ihr Sushi-Set und plauderten und lachten wie zwei alte Bekannte, die sich nach Jahren wiedergetroffen hatten. Lotte war erstaunt, dass Miki offenbar viel von ihr erzählt hatte. Sie zahlten und brachen auf. Tom bestand auf getrennte Rechnungen. Wie selbstverständlich trug er Lottes Einkaufstüten.

Die Bäckerei war nicht weit entfernt, außerhalb der Ringstraße in einem angrenzenden, aufstrebenden Bezirk. Sie gingen durch einen entzückenden Innenhof zum Hintereingang. Als Tom aufsperrte und Lotte den Vortritt ließ, fühlte sich diese mit einem Schlag ins Paradies versetzt. Dieser Duft nach Süßem! Lotte sog die Luft genüsslich ein, schloss für einen Moment die Augen und fühlte sich an Kindertage zur Weihnachtszeit zurückversetzt.

Tom grinste, als er es merkte. Er hatte einen kleinen Sonderauftrag für eine Hochzeit, sie könne später gerne ein wenig kosten, sagte er.

Er führte sie durch eine kleine Garderobe und einen Waschraum in die große Backstube. Hier wirkte alles hochmodern und sehr sauber. Auf riesigen Blechen lagen überall kleine Backwerke, die auf ihre Fertigstellung warteten. Lotte war wahrhaftig im Schlaraffenland gelandet. Sie liebte Kekse aller Art.

Tom erklärte ihr die Technik in der Backstube. Er war sichtlich stolz auf seine hochmodernen Geräte, hier blieb nichts dem Zufall überlassen. Er habe richtig viel investiert, um gute Qualität bieten zu können, das hier sei die Erfüllung seines Traums. Er liebe es, sein eigener Herr zu sein.

Lotte konnte sich gut vorstellen, mit wie viel Geschick und Liebe er seinen Laden betrieb. Es war förmlich aus jeder Ecke zu spüren und zu riechen. Sie gingen aus der Backstube in den Verkaufsraum, dem ein weiterer Raum mit einigen Tischen und vielen urigen Sitzmöglichkeiten folgte. Keine glich der anderen. Auf den Tischchen lagen bunte Zeitschriften, in einer Ecke ein wenig Spielzeug für die Kinder. Alles wirkte wie zufällig hingestreut und doch war es urgemütlich. Lotte fühlte sich gleich heimelig.

Tom drückte sie in einen großen Ohrensessel und fragte sie, ob sie gerne eine Tasse Earl Grey hätte. Na da hatte wohl wer aus dem Nähkästchen geplaudert! Sie nahm gerne an und Tom verschwand. Lotte schloss kurz die Augen, sie spürte den aufregenden Tag. Als

Tom zurückkam, hatte er neben dem Tee eine wunderbare Auswahl an kleinen Köstlichkeiten auf einem Tablett angerichtet. Lotte war verzückt, sie freute sich so über die nette Gesellschaft und konnte ihr Glück gar nicht fassen. In ihrem Alter noch so liebe Freunde zu finden, machte sie einfach sprachlos. Tom setzte sich zu ihr, plauderte munter vor sich hin, erzählte von sich und Miki und von der Gründung der Bäckerei. Er war so ungezwungen und eloquent, dass es die reinste Freude war, von ihm unterhalten zu werden. Lotte hätte ihm stundenlang zuhören können. Ach, wie war es schön, die Jugend um sich zu spüren, wieder einmal vermisste sie Lisa und ihre Enkel.

Tom sagte, er wolle nicht unhöflich sein, aber er müsse jetzt weitertun, denn in einer Stunde müsse er den Laden wieder aufsperren. Sie könnte gerne hier verweilen, die Füße ein bisschen hochlegen und in den Zeitungen schmökern. Lotte hatte große Lust, das zu tun, aber sie musste auch wieder aufbrechen, um ein paar restliche Erledigungen zu machen. Sie verabschiedete sich überschwänglich bei Tom, nicht ohne ihm zwinkernd anzudrohen, bald wiederzukommen.

Lachend machte sich Lotte auf den Weg. Die wenigen fehlenden Dinge waren schnell eingeholt.

Der schöne Tag hatte sie müde und glücklich zugleich gemacht. Was Lotte im Heim noch nie getan hatte, war nun dran. Sie hatte sich unterwegs eine gute Flasche Rotwein besorgt. Sie duschte schnell, legte eine ihrer alten Platten auf, schenkte sich ein Gläschen Wein ein und war rundum selig. Sie summte die Melodien so manches Liedes mit und war mit ihren Gedanken wieder einmal im entfernten Australien bei Lisa. An diesem Tag war sich Lotte sicher, mit Mikis Unterstützung vielleicht auch ihre dumme Flugangst überwinden zu können. Die letzten Wochen schienen ihr Flügel zu verleihen, sie fühlte sich wie neugeboren.

12

Donnerstagmorgen beschlich Lotte eine gewisse Unruhe. So ganz unvorbereitet mit Miki ein Abenteuer zu erleben, erschien ihr jetzt fast ein wenig verwegen. Sie wusste ja noch nicht einmal, was er aus ihrer Liste ausgesucht hatte. Nicht dass sie ihm nicht vollstes Vertrauen entgegenbrachte, aber plötzlich war sie nicht mehr ganz so mutig.

Sie versuchte, das erst einmal auszublenden, ging zum Frühstück mit Hans und Hilde und plauderte ein wenig mit Julia, die Tagdienst hatte. Julia war so verzückt von ihrem kleinen Mitbringsel, dass sie vor Freude mit ihr tanzte. Lotte wurde ganz schwindelig. Bevor Julia das „Ich darf eigentlich gar nichts annehmen"-Gesicht aufsetzte, war Lotte aber schon wieder gefasst und sagte, sie wolle jetzt keine Standpauke, das sei ohnedies nur „oller Kram".

Dann machte sie sich daran, aus den Schätzen für Aaron ein hübsches, flugtaugliches Päckchen zu schnüren. Sie wollte es gleich anschließend noch zur Post bringen.

Nach der Post und dem Mittagessen im Heim legte sie sich ein wenig nieder. Lotte gönnte sich selten eine Mittagsrast, aber für den Abend wollte sie auf alle Fälle topfit sein.

Pünktlich um achtzehn Uhr holte sie ihr Kavalier im Heim ab. Sie hatte sich hübsch gemacht, noch schnell ein Stoßgebet zum Himmel geschickt, dass ihre neuen

Pumps auch wirklich den Abend über nicht zu Quälgeistern würden, und fertig war sie.

Miki tat wie immer ganz verzückt und überhäufte sie mit Komplimenten. Lotte hatte schon oft gehört, dass man ihr gut und gerne zehn Jahre weniger abnehmen würde. Und dass ihr dieses frühlingshafte Grün der Stola gut zu Gesicht stand, wusste sie.

Mikis Kiste stand vor der Tür. Es war gar nicht so einfach, sich einen Weg durch den Abendverkehr zu bahnen. Es staute sich ein wenig und Lotte bekam ernste Sorgen, dass sie zu spät kommen könnten, wohin auch immer. Aber Miki versicherte ihr, dass er genügend Zeit eingeplant hatte. Aus dem Radio trällerte eines seiner Lieder und er sang eifrig mit.

Irgendwo im dritten Bezirk parkte er das Auto und war Lotte beim Aussteigen behilflich. Er bemerkte ihre Unruhe und wollte sie nicht weiter auf die Folter spannen.

„Heute steht Oper am Plan", sagte er deshalb feierlich. Er rechnete nicht mit Lottes Reaktion, die fast der Schlag traf. Miki wusste gar nicht, was daran falsch sein sollte, ehe er merkte, dass Lottes Outfit der Grund dafür war. Nein, nein, sie solle sich keine Sorgen machen, die Oper sei in einer uralten, ehemaligen Bäckerei untergebracht und jeglicher übertriebene Schnickschnack wäre dort fehl am Platz. Jetzt war Lotte vollends verwirrt. Oper, in einer alten Bäckerei?

Sie kamen an ein kleines, unscheinbares Ladenportal. Die Tür stand offen und eine kleine Traube gut gelaunter Menschen unterhielt sich davor.

Miki ging mit Lotte hinein, um die Karten zu lösen. An den Wänden der hohen Räume hingen Theaterplakate aus vergangenen Tagen und witzige wertlose Kunstgegenstände.

Lotte war jetzt einfach nur mehr neugierig, sie wollte sich überraschen lassen. Er holte für sie beide ein Glas Hollersaft und Schmalzbrote. Das gab es hier zu den Karten gratis dazu. Ein verrückter Laden! Dass sie hier bald eine Oper zu sehen bekamen, einfach unvorstellbar.

Miki sagte, er könne ihr zwar nicht die Metropolitan bieten, jedenfalls noch nicht, aber das hier, sei er sicher, würde ihnen beiden einen unvergesslichen Opernabend bieten. Hier im L.E.O. würden sie Oper pur erleben. Erfreuliches letztes Operntheater! Was pur bedeutet, würde Lotte im Laufe des Abends noch erfahren.

Es läutete und die kleine Menschenmenge bewegte sich Richtung Zuschauerraum. Lotte staunte nicht schlecht, mit wie wenig Mitteln hier eine Opernbühne eingerichtet worden war. Abgetakelte Wände, von denen der Putz bröselte, waren mit ein paar opulenten roten Vorhängen kaschiert. Da und dort ein wenig schummrige Beleuchtung und kleine Gartentische und zierliche Sessel anstelle von Logen und Theatersitzreihen. Das war's auch schon.

Lotte war noch nicht ganz überzeugt, aber Miki grinste. Ihr Nerzjäcken wäre hier wohl wirklich unangebracht gewesen.

Es läutete erneut, der ohnedies schon schummrige Raum wurde jetzt ganz abgedunkelt und dann ging es auch schon los.

Ein Conférencier betrat die Bühne. Er begrüßte das Publikum auf das Herzlichste, erklärte das nicht vorhandene Bühnenbild und wünschte den Besuchern einen grandiosen Abend. Er hatte einen süßen, bubenhaften Charme, gepaart mit englischem Akzent.

Dann begann er, den ersten Teil der Oper zu erklären. An diesem Abend stand „Aida" auf dem Programm. Lotte war gleich in seinen Bann gezogen.

Er erklärte, dass man aus Kostengründen auf das Orchester, das Ballett, das Bühnenbild, den Chor und eigentlich auch auf alles andere verzichten müsse. Hier appellierte er an die Vorstellungskraft und Mithilfe des Publikums. Er würde rechtzeitig für jeweiligen Ersatz sorgen.

Es gab also kein Orchester, der Conférencier war dafür gleichzeitig ein famoser Pianist. Er beherrschte den Flügel auf der Bühne hingebungsvoll.

Die Präsentation war spielerisch, einfach und klar.

Dazwischen führte er erklärend durch die Handlung. Immer unter Einbeziehung des Publikums, das von ihm als Chor geschult oder gar als Elefant oder Ballett instruiert wurde. Lotte hatte so viel Spaß, dass sie voller Inbrunst mitübte und dann bei den jeweiligen Szenen lautstark mitwirkte.

Komplizierte Nebenhandlungen wurden genauso weggelassen wie langatmige Arien, warum auch nicht, wenn sie musikalisch entbehrlich waren. Was die fünf Opernsänger hier zum Besten gaben, war ganz großes Kino, besser gesagt ganz große Oper! Der eine oder andere musste sogar zwei Rollen abdecken.

Es war Musik und Freude in Vollendung. Und als Radames und Aida am Schluss ihr theatralisches Ende in dem unterirdischen Gewölbe fanden, standen Lotte sogar Tränen in den Augen. Sie war so berührt, dass sie innerlich bebte. Wie unglaublich gut und kurzweilig hier mit einfachsten Mitteln Oper gemacht wurde. Fantastisch!

Lotte wusste jetzt, dass es nicht immer ein großes Haus brauchte, um Gefühle zu transportieren. Das hier war unkonventionell und großartig. Das Publikum jubelte, klatschte wie wild und ließ die Darsteller hochleben. „Bravo, bravo!", war Lotte verzückt, sie klatsche lautstark und rief nach einer Zugabe. Miki war selig, dass sie Gefallen daran gefunden hatte. Er hatte fast befürchtet, ein wenig zu weit gegangen zu sein. Mit seiner ersten kleinen Wunscherfüllung schien er aber ins Schwarze getroffen zu haben.

Sie hakten sich unter, als sie die Oper verließen, und schlenderten in Richtung Auto. Fast wie ein verliebtes Pärchen. Es war für Lotte einfach unglaublich, so eine verwandte Seele gefunden zu haben. Ob sie noch hungrig sei oder ob er sie auf einen Drink einladen dürfe.

Lotte wollte die Stimmung des Abends nicht zerstören, aber sie müssten demnächst unbedingt über die Kostenaufteilung sprechen.

„Ja, gerne", sie sei ganz furchtbar hungrig. Um die Ecke fanden sie eine kleine Weinbar. Miki bestellte

Prosciutto, Käse und Oliven und zwei Glas Weißwein, ohne Lotte vorher zu fragen. Er machte das mit einer Selbstverständlichkeit, als wären sie ein altes Ehepaar, wo ein Partner den anderen so gut kannte, dass ein Nachfragen nicht nötig war. Lotte störte das kein bisschen, sie fühlte sich so liebevoll umsorgt, dass ihr sowieso alles recht gewesen wäre. Das Service und die Stimmung hier waren unaufdringlich und warmherzig, die Musik im Hintergrund angenehm und das Essen und der Wein von hervorragender Qualität.

Der schöne Abend hätte nicht netter ausklingen können. Lotte war immer noch ganz aufgeheizt von dem eindrucksvollen Opernerlebnis, sie konnte gar nicht aufhören zu schwärmen. Sie quasselte Miki unaufhörlich die Ohren voll, zitierte den Conférencier und mimte noch einmal den Chor.

Demnächst würde sie sicher einmal mit Hilde und Hans hierher zurückkommen. Miki war amüsiert über Lottes rote Bäckchen und ihren Feuereifer. Gleichzeitig machte er sich Sorgen, sie zu überfordern, schließlich war sie keine zwanzig mehr. Er machte sich langsam ans Zahlen und sie brachen auf.

In Mikis Kopf formierte sich schon der zweite Streich.

13

Beim Lesen von Lottes Papierliste stach Miki eine Notiz besonders ins Auge. „Nach meinem Jugendfreund Theo Lindemann suchen, 12., Steggasse 17". Miki konnte mit diesem Namen sofort etwas anfangen, wie klein doch die Welt war. Ein Theo Lindemann war der beste Freund seines Opas Leopold, das konnte kein Zufall sein. Leider aber wusste Miki auch, dass besagter Theo vor circa einem Jahr verstorben war. Kurz nach seinem 75. Geburtstag war er einem Herzinfarkt erlegen. Sein Opa war wochenlang untröstlich, denn die beiden waren, nachdem sie bereits verwitwet waren, unzertrennlich gewesen und hatten oft gemeinsame Ausflüge und Reisen gemacht.

Leopold hatte Theo während des Studiums kennengelernt. Beide hatten sie Mathematik und Sport studiert und danach viele Jahre gemeinsam unterrichtet, ehe Theo Direktor am Gymnasium in Nussdorf wurde.

Später waren auch Theos Frau Helga und Mikis Oma Sophie dicke Freundinnen geworden und als sie schließlich fast zur gleichen Zeit Eltern wurden, verbrachten sie nahezu ihre gesamte Freizeit miteinander. Theo und Leopold blieben ihr Leben lang die engsten Freunde.

Miki musste dafür gar nicht erst recherchieren, er wusste, wo Lotte Theo finden würde. Sein Opa fuhr fast jede Woche raus zu ihm, spazierte dann stundenlang über den Friedhof, ehe er zu einem guten

Mittagessen aufbrach, zu dem er sich regelmäßig zwei kleine Bier gönnte. Er war es seinem alten Freund schuldig, dass er eines für ihn mittrank.

Ein richtiges Treffen mit Theo ließ sich also nicht mehr arrangieren, aber ein Treffen mit seinem Opa, der es lieben würde, über seinen alten Kumpel zu erzählen, das war einfach. Und sein Opa war ja einer der wenigen in seiner Familie, die mit Mikis Leben zurechtkamen.

Was Lotte wohl sagen würde, wenn sie wüsste, wer Miki wirklich war? Er war sich sicher, sie würde es verstehen, genau wie seine Oma Sophie, die hatte auch immer zu ihm gehalten. Nur sein Vater, der war einfach unerbittlich. Er hatte ihn alleine großgezogen und machte sich daher die größten Vorwürfe, alles falsch gemacht zu haben. Sein Sohn sei missraten und er sei schuld daran. Dass die Mutter auch so früh sterben musste, alles wäre vermutlich anders geworden. Oma Sophie hatte den mütterlichen Part übernommen, sie war stets einfühlsam und verständnisvoll. Ganz egal was Miki je verbrochen hätte, sie hätte es ihm immer verziehen. Und dabei hatte er doch gar nichts verbrochen.

Lotte erinnerte Miki sehr an seine Großmutter, vielleicht war das auch der Grund, dass er sich so zu ihr hingezogen fühlte. Er fürchtete sich trotzdem nicht unerheblich, dass es ihm mit Lotte wie mit seinem Vater ergehen könnte. Zu oft schon war er verletzt worden.

Erst als er Tom vor etwa drei Jahren als Freund gewonnen hatte, ging es ihm langsam besser. Tom war um fünf Jahre älter. Er half Miki über die schwerste Zeit hinweg. Hätte es diese Freundschaft nicht gegeben, wer weiß, was mit Miki passiert wäre. Die Kränkung, von seinem Vater verstoßen worden zu sein, hatte er bis heute nicht verwunden. Er war ja gerade einmal siebzehn und sich selbst nicht im Klaren, was da mit ihm passierte. Miki hätte in dieser Zeit mehr denn je einen verständnisvollen Vater nötig gehabt. Es war ihm nicht leichtgefallen, sich zu öffnen. Als er sich schließlich seinem Vater anvertraute, erlebte er die bitterste Enttäuschung seines Lebens.

Von da an war alles anders, Miki übersiedelte zu seinen Großeltern und schließlich vor zwei Jahren zu Tom in die WG. Die Jahre des Zerwürfnisses waren für ihn unerträglich. Dass er in der schweren Zeit seine Schule und sein Studium so bravourös meisterte, war kein Zufall. Er tigerte sich hinein, um an ja nichts anderes denken zu müssen. Sein Studium und vor allem seine Musik waren seine große Ablenkung.

Sein Vater hatte ihn aus seinem Leben verbannt und blieb hart. Die Vermittlungsversuche der Großeltern blieben ohne Erfolg.

Ach, wie wünschte sich Miki, alles ungeschehen zu machen. Manchmal hatte er sogar daran gedacht, sich das Leben zu nehmen.

Es war also kein Wunder, dass bei Menschen, denen Miki sein Vertrauen schenkte, auch immer gleich die

Sorge dazukam, sie könnten sich ihm wieder entziehen, sobald sie von dieser Sache erfuhren.

Trotzdem, der Abend mit Lotte war schön und er hoffte auf viele Wiederholungen.

14

Am nächsten Morgen war Lotte immer noch unendlich selig. Sie erzählte jedem, der es hören wollte, und auch denen, die es nicht hören wollten, von ihrem Erlebnis im L.E.O. Hans und Hilde waren gute Zuhörer und mahnten Lotte ausnahmsweise nicht zur Vorsicht. Sie schienen sich langsam an Miki zu gewöhnen.

Es war der Tag, an dem Klara und Ben Miki und Tom kennenlernen sollten.

Lotte hatte ein Treffen im Stadtpark vereinbart, damit sich die vier erst einmal auf neutralem Boden beschnuppern konnten. Für Lotte bestand nicht der geringste Zweifel daran, dass auch Klara und Ben an den beiden Gefallen finden würden.

Sie waren in Toms Mittagspause gegen dreizehn Uhr verabredet. Klara und Lotte hatten sich zuvor in der Meierei eine Kleinigkeit zu essen gegönnt. Ben schlief friedlich unterm Tisch.

Als sie sich aufmachten, um sich ein wenig die Beine zu vertreten, sahen sie Miki und Tom schon von Weitem auf sich zukommen. Ben, der schwanzwedelnd ein Stück vorausgelaufen war, traf als Erster auf seine neuen Herrchen. Das mitgebrachte Leckerli machte sie gleich zu Verbündeten. Normalerweise war Frauchen ja nicht besonders angetan, wenn er von Fremden Leckereien annahm, aber hier schien sie gar nichts dagegen zu haben. Ein fragender kecker Blick und keine Ermahnung? Ben hüpfte an Toms Beinen hoch, vielleicht war ja noch mehr zu holen? Lotte machte die vier miteinander bekannt und schlug einen gemeinsamen Spaziergang vor, bei dem man die Übergabe in einer Woche in Ruhe besprechen konnte. Klara wirkte schon jetzt entspannt. Ben hatte neue Freunde gefunden und ihr war die Erleichterung darüber deutlich anzumerken. Wie unkompliziert doch das Leben manchmal sein konnte.

Tom war immer schon ein großer Hundefreund und man merkte gleich, dass Ben sich bei ihm wohlfühlte. Klara war erleichtert. Jetzt konnte sie beruhigt ihrem Spitalsaufenthalt entgegenblicken, sie konnte Lotte gar nicht genug danken dafür.

Klara und Tom gingen voraus und besprachen die Details, Bens Futtergewohnheiten, wann er sein Nickerchen zu machen pflegte, was er gerne spielte und dass er am Abend seine Kuscheleinheiten brauchte.

Klara hatte ganz rote Backen vor Aufregung, sie wollte nichts vergessen, denn Ben war das Wichtigste in ihrem Leben.

Tom hörte aufmerksam zu und warf währenddessen unermüdlich Bens roten Lieblingsball, den dieser ebenso unermüdlich immer wieder vor seinen Füßen ablegte.

Tom schlug vor, noch gemeinsam in seiner Bäckerei vorbeizuschauen, dann könne sich Klara selbst ein Bild davon machen, ob sich Ben bei ihm wohlfühlen würde.

In einer Ecke des Ladens standen ein Körbchen, ein Wassernapf und ein kleiner Teller mit Leckereien.

Schließlich waren in dem kleinen Café auch vierbeinige Gäste willkommen. Ben fühlte sich sichtlich wohl. Er leerte den Teller, trank und legte sich ins Körbchen, als ginge er hier tagtäglich ein und aus. Vom vielen Spielen war er rechtschaffen müde. Er rekelte sich, kringelte sich ein und schlief.

Im Handumdrehen standen eine Auswahl köstlicher Mehlspeisen, belegter Brötchen und eine Kanne frischer Zitronenlimonade vor ihnen.

Klara war ob so viel Fürsorge und Aufmerksamkeit dieser beiden jungen Männer ganz hin und weg. Sie war es nicht mehr gewöhnt, so hofiert zu werden. Sie plauderten wie alte Bekannte über dies und das. Die Zeit verging wie im Flug.

Lotte, Klara und Ben, dem es gar nicht gefiel, dass Frauchen seine Schlafenszeit unterbrach, verabschiedeten sich nach einer Stunde, denn Tom musste den Laden wieder aufsperren.

In der Straßenbahn wollte Klara wissen, wie Miki und Tom zueinander standen. „Sie sind Freunde", sagte Lotte, „und teilen sich eine Studentenwohnung." Klaras Augenrollen bemerkte Lotte gar nicht. Manchmal war sie reichlich naiv.

15

Die Woche, bis Ben zu Miki und Tom übersiedeln sollte, wollte Lotte dazu nützen, fleißig an ihrer Liste zu arbeiten. Sie wollte Miki vorerst nicht auch noch mit neuerlichen Nachhilfestunden belasten. Genug schon, dass sie ihm jetzt auch noch den Hund der Freundin aufgedrängt hatte.

Miki hatte ihr in Aussicht gestellt, dass sie gemeinsam mit Ben und Tom den nächsten Wunsch auf ihrer Liste in Angriff nehmen wollten. Lotte hatte sich geziert, denn sie konnte doch von den jungen Leuten nicht verlangen, ihre gesamte Freizeit, geschweige denn alle Wochenenden für sie zu opfern.
Es war ohnedies unglaublich, wie sie in den letzten Wochen ihr Leben verändert hatten. Immer noch hatte sie ein wenig Angst, aufzuwachen und alles nur geträumt zu haben.

An diesem Tag stand im Heim ein Vortrag zum Thema Reisen im Alter auf dem Programm. Der Heimleitung war es wichtig, ihre Schützlinge immer wieder über dies und das zu informieren. Mit so einem Vortrag sollte ihnen auch vorgegaukelt werden, dass ihnen alle Wege zu einem selbstbestimmten Leben offen waren. Es war ja eigentlich auch wirklich so, doch Lotte war manchmal einfach störrisch und bezichtigte die Chefetage, die Alten auf Sparkurs zu halten. Lotte hat einen Großteil ihres Vermögens einfach nicht angegeben und auf kleinen Sparbüchern auf die halbe Bankenwelt verteilt. Sie wollte nicht auf karges Taschengeld angewiesen sein.

Dennoch beschloss sie, den Vortrag zu besuchen, denn möglicherweise würde ja auch über Flugreisen referiert, und sie war begierig zu hören, ob das in ihrem Alter überhaupt noch ging. Abgesehen von ihrem ureigenen Problem damit, das sie ja ohnehin daran hindern würde.

Wenn Lotte nur daran dachte, wie erschreckend eng es in so einem Flugzeug war, wie winzig klein die Fenster, wie laut die Triebwerke, wie Furcht einflößend die Geräusche und wie schrecklich überhaupt alles war, stand ihr der kalte Angstschweiß auf der Stirn. Nein, Fliegen war einfach kein Thema für sie! Sie hatte nicht nur Angst vorm Fliegen, sondern vor dem Kontroll-verlust im Allgemeinen, vor der Technik, vor dem geschlossenen Raum und vor sich selbst.

Wie oft war sie aus einem Traum aufgewacht, mit rasendem Herzen, immer das gleiche Bild vor Augen. Sie saß im Flieger, ihr war schwindelig, ihre Ohren schmerzten unerträglich und sie flogen von einem Luftloch ins andere, ihr Magen drehte sich um, ehe schließlich der Flieger laut aufbrausend einige Tausend Meter, sich wild um die eigene Achse drehend, im Sturzflug abdrehte. Dann wachte Lotte auf. Bis zum Äußersten kam es nie in ihrem Traum. Ihr Fernweh war wegen Lisa und der Kinder dennoch ungebrochen, ihre irrationale Angst aber war größer. Lotte las viel übers Fliegen. Sie sah sich Statistiken an, die alle dafür sprachen, und appellierte wieder und wieder an ihre Vernunft. Es half alles nichts.

Reisen im Alter hält fit. Mobil zu bleiben, ist gerade für Senioren ein wichtiges Thema. Wer viel unternimmt, bleibt agil. Die verschiedensten Reiseangebote für Senioren, vom entspannten Wellnessurlaub, von Fahrten ans Meer oder in die Berge bis hin zu Städtereisen wurden vorgestellt. Immer mit Bedacht darauf, was der jeweilige seiner Gesundheit noch zutrauen konnte.

Über Reisen mit motorischen Handicaps und allen möglichen Erkrankungen wurde gesprochen. Immer das gleiche Dilemma. Von Vergnügen keine Rede.

Lotte horchte aber auf, als sie zu den Langstreckenreisen kamen. Es sprach nichts dagegen, wenn die Luft reichte und das Herz mitspielte. Schon wieder! All das sollte man mit dem Arzt seines Vertrauens vorher absprechen. Auch das mit der Flugangst? Darüber fiel kein Wort. Lotte war langsam gelangweilt, sie hatte nicht vor, in die Berge zu fahren oder nach London oder Paris zu fliegen. Obwohl, eigentlich konnte sie sich auch das gut vorstellen.

Australien wurde mit keinem Wort erwähnt. Als sie genug hatte von Reisetipps für Rheumatiker, Diabetiker, Personen nach einem Schlaganfall und vor dem Herztod, mit oder ohne Bluthochdruck, machte sie sich aus dem Staub. Warum nur, warum nur glaubt jeder, im Alter drehe sich alles nur ums Kranksein, es stand doch ein Vortrag übers Reisen auf dem Plan und nicht über Alzheimer & Co.

Lotte hatte es satt, sie wusste gar nicht mehr, was sie sich von dem Vortrag versprochen hatte.

Sehnsuchtsvoll dachte sie an Miki und daran, wie gut ihr die Jugend tat, die nicht jammerte und nicht krank war.

Sie war wieder mal keinen Schritt weitergekommen. Hier konnte ihr nicht einmal Miki helfen. „~~Austr~~alien".

Um sich ein wenig abzulenken, suchte sie nach Hilde und Hans, sie wollte mit den beiden eine Runde Karten spielen.

Die Lust auf ihre Liste war ihr an diesem Tag gründlich vergangen.

Lotte war klug genug, um zu wissen: „Wer das Kleine nicht ehrt, ist das Große nicht wert", aber sie wollte eben nun mal nur das Große. Der viele kleine Schnickschnack, die vielen Wünsche und Sehnsüchte auf ihrer Liste machten sie mit einem Mal traurig. War sie einfach nur unzufrieden und undankbar mit ihrem Leben? Es war doch nicht alles schlecht, so wie es war. Es war nicht ihr Tag.

Zum Glück hatten Hilde und Hans, die beide klug genug waren, den Vortrag auszulassen, auch Lust auf ein Spielchen. So wurde es dann noch ein ganz vergnüglicher Nachmittag für die drei. Der Zeitvertreib tat ihr gut. Am Zimmer wäre sie jetzt trübsinnig geworden.

16

Lotte war wieder einmal unterwegs zum Sport. An diesem Tag wollte sie mit Klara noch einmal letzte Details besprechen. Als sie ankam, war Klara nicht da, das beunruhigte Lotte, denn sonst war sie meist schon mitten im Zirkel. Lotte zog sich um und reihte sich ein. Als sie mit der ersten Runde fast fertig war, erschien Klara. Sie wirkte langsam und ein wenig fahl im Gesicht. „Hallo ihr Lieben", grüßte sie müde in die Runde. Aber sie war da und das war gut so. Als sie beide ihre Trainingseinheit beendet hatten, erkundigte sich Lotte, was los sei.

Klara war plötzlich unsicher geworden. Sie war so dankbar für Lottes Hilfe, aber Ben so einfach abzugeben, machte ihr schwer zu schaffen. Lotte verstand sie gut. Sie sagte nicht einfach, sie solle nicht albern sein und dass ihr nichts anderes übrig bliebe. Nein, sie versuchte, es einfach schönzureden. „Schau mal, Ben war so erfreut, mit den jungen Burschen herumzutollen, gönn ihm doch einfach ein paar Tage Urlaub." Die Zeit sei sicher ganz schnell herum und dann würde er ihr wieder auf der Nase herumtanzen. Ben lag in der Ecke des Fitnessstudios, ein Ohr streckte er aufmerksam in die Höhe, als wüsste er genau, dass es um ihn ging. Mit großen Kulleraugen blickte er treuherzig zu ihnen herüber.

Klara war klar, dass ihre Sorge unbegründet war, Ben würde weder ein Haar gekrümmt werden noch würde ihm sonst irgendetwas Schlimmes zustoßen, im

Gegenteil. Sie konnte einfach nicht loslassen.

Lotte schlug vor, noch einen kleinen Spaziergang zu machen, sie konnte sich in Klara hineinversetzen und vielmehr als um die Angst um Ben ging es wahrscheinlich um die Angst vor dem Spitalsaufenthalt. Sie wusste ja, dass Klara niemanden hatte, mit dem sie solche Dinge besprechen konnte. „Was ist los, Klara? Machst du dir Sorgen?"

Klara unterdrückte nur mühsam ihre Tränen. Was, wenn ihre Krankheit wieder ausbrechen würde, was, wenn sie nicht mehr aus dem Spital käme? „Was wird mit Ben, wenn ich nicht mehr bin?", es sprudelte haltlos aus ihr heraus. „Halt, halt! Ich bin ja auch noch da und jetzt ist wirklich Schluss mit den albernen Sorgen! Es ist doch nur eine Routineuntersuchung und du weißt das, Klara. In ein paar Tagen bist du wieder zu Hause und Ben wird sich freuen, ein paar Extrawürste zu bekommen."

Lotte hatte ja recht, Klara holte tief Luft und sammelte sich. Fast lächelte sie schon wieder. Es war nur einfach so, dass ihre Nerven blank lagen. Sie war froh, Lotte an ihrer Seite zu haben. Im Alter noch eine so gute Freundin zu finden, die es ehrlich mit ihr meinte, das wusste Klara als richtiges Glück zu schätzen. Sie gingen in den Park, Ben lief schwanzwedelnd voraus.

„Klara?" – „Ja, Lotte?" – „Klara, bist du schon einmal geflogen?" Klara war überrascht über die Frage. „Ach ja, unzählige Male!" Als Norbert, ihr Mann, noch lebte, waren sie sehr reiselustig gewesen. Sie verbrachten ihre Winter immer wieder mal in wärmeren Gefilden. Sie waren in Thailand, in Sri Lanka, auf Mauritius, durchquerten ganz Amerika und einmal waren sie sogar in Australien. Lotte stockte der Atem. Jetzt wollte sie alles wissen. Sie setzten sich auf eine Bank und sonnten sich. „Klara, bitte erzähl!"

Klara schwärmte von Sydney, von der Oper, erzählte von ihrer Reise in einem Wohnmobil quer über den Kontinent. Sie hatten unglaublich viele Kilometer abgespult. Wie schön die Natur, wie gering die Einwohnerdichte, wie herrlich die Tierwelt war, Klara war nicht mehr zu bremsen und Lottes Sehnsucht stieg ins Unermessliche. Die Australier seien so fröhliche Menschen, man fühle sich sofort willkommen. „Ein wunderbares Land, Lotte. Möchtest du es bereisen?" Jetzt herrschte Stille. Sie war wie vom Donner gerührt. Und wie sie wollte.

Klara wusste nicht, dass Lottes Tochter mit ihrer Familie dort lebte.

„Weißt du, Klara, ich habe meine Tochter samt Familie in Australien, aber ich habe schreckliche Flugangst. Ich habe sie seit fast zehn Jahren nicht mehr gesehen, meine beiden Enkel noch nie!" Jetzt war es an Klara, baff zu sein. „Zehn Jahre! Um Himmels willen, Lotte! Das kann doch nicht wahr sein."

„Das Reisen mit dem Flugzeug ist eines der genüsslichsten Dinge, die ich kenne", sagte Klara. „Wie kannst du dich bloß so davor fürchten? Es ist wie schweben, wie auf Wolken gehen. Die Vorfreude auf das Urlaubsziel, die Erde mal von oben zu sehen, übers Meer zu fliegen und Fünftausender wie kleine Hügel unter sich zu sehen, ist einfach einzigartig. Das bisschen Rumpeln dann und wann ist nichts dagegen."

Lotte hatte noch nie im Leben jemanden derart vom Fliegen schwärmen hören. Sie wurde unsicher, ihr Albtraum mit dem lautem Knattern und dem Sturzflug kam ihr wieder in den Sinn, von wegen ein wenig Rumpeln. Sprachen sie von der gleichen Sache?

„Schau, Lotte", sagte Klara sanft, „du musst das einfach ausprobieren, du kannst dich doch von deiner Angst nicht kleinkriegen lassen. Ich habe da eine Idee." – „Was für eine Idee?" – „Lass dich mal überraschen, wenn ich erst wieder aus dem Spital bin, gehen wir beide das an. Ich helfe dir dabei und wenn ich dich eigenhändig in den Flieger zerre, das bin ich dir schuldig für die Sache mit Ben."

Klaras Lebensgeister waren auf einmal wieder zurückgekehrt. Stärker denn je, kam Lotte vor. Sie hatte eine Aufgabe. Nichts mehr von „Wenn ich aber und was dann"-Gedanken.

Lotte war verunsichert, aber ihre Hoffnung keimte wieder auf. Mit Hilfe von dieser Seite hätte sie nie und nimmer gerechnet.

Sie riefen nach Ben und machten sich auf den Weg. Beiden schien es jetzt besser zu gehen, sie hakten sich unter und waren zufrieden. Klara und Lotte waren sich ein großes Stück nähergekommen. Lotte hatte ihr Problem bis jetzt niemandem anvertraut. Außer Lisa und Miki, der schließlich ihre Liste kannte, wusste keiner davon. Der unsägliche Georg natürlich auch, aber wen interessierte der schon?

17

Am Sonntag war es so weit. Ben übersiedelte zu Miki und Tom. Lotte war natürlich dabei, als moralische Stütze für Klara. Zum ersten Mal trafen sie sich bei Miki zu Hause.

Lotte musste schmunzeln, als sie das Türschild sah. „Hagen/Brunn", las sie da. Die Namen der beiden erinnerten sie an ihren Lieblingsheurigenort. Früher war sie oft mit Georg dort.

Als Lotte und Klara klingelten, öffnete ihnen Tom mit einem fröhlichen Hallo die Tür. Ben hüpfte wie verrückt an seinem Bein hoch und überschlug sich fast vor Freude. Klaras Sorgen waren völlig unbegründet, hier war eine große Liebe entbrannt.

Miki und Tom hatten den Tisch liebevoll gedeckt und Kaffee aufgesetzt. Es duftete herrlich nach Kuchen. Lotte bekam ihren Tee und sie unterhielten sich wie gute alte Freunde. Es war immer noch verblüffend, wie vertraut sie sich in den wenigen Wochen geworden waren.

Ben durchsuchte die ganze Wohnung, schnupperte in jede Ecke und war schließlich verschwunden. Tom fand ihn wenig später friedlich schlummernd in seinem Bett. Klara war bestürzt, denn das war zu Hause strikt verboten. Doch Tom und Miki lachten nur lauthals. Ben rührte kein Ohr, jetzt nur nicht auf Frauchen horchen.

Klara fiel bei der Wohnungsbesichtigung gleich auf,

dass das hier keine richtige WG-Wohnung war, mit einem Zimmer für jeden und einem Gemeinschaftsraum und so. Lotte fiel gar nichts auf. Egal, Klara war einfach froh, dass ihr kleiner Liebling glücklich war und hier bestens aufgehoben schien.

Tom erzählte Klara, wie er zu seiner Bäckerei kam und wie es ihm gelang, als Jungunternehmer Fuß zu fassen. Er meinte, mit richtig viel Mühe und innovativen Ideen sei das Ganze gar nicht so schwer. Er erzählte von einem Wettbewerb, aus dem er als Sieger hervorging und dessen erster Preis die Unterstützung bei seiner Firmengründung war. Das war jetzt gute drei Jahre her und er liebte seinen kleinen Betrieb über alles. Er sei nicht mehr wegzudenken aus seinem Leben. Vorher war er als Betriebswirt in einem großen Unternehmen tätig, aber die Sehnsucht, mit seinen eigenen Händen etwas zu schaffen, ließ ihn nicht los. Und nach einer Kurzlehre und seiner Meister-prüfung zum Bäcker war er sich sicher, das Richtige getan zu haben.

Miki und er hätten sich vor drei Jahren in der Bäckerei kennengelernt. Es war ziemlich in den Anfängen seiner Selbstständigkeit und Tom probierte viel Neues aus. Eine seiner Kreationen, eine Golatsche mit einer Füllung aus Topfen, Rosinen und Maracujamus, lockte Miki fast täglich in die Bäckerei. So kamen sie oft ins Plaudern und fanden schnell gemeinsame Interessen.

Klara wollte wissen, was Miki von Beruf war. Jetzt war auch sie überrascht. Für einen Physiker hätte sie ihn nicht gehalten.

Das war für sie wie ein spanisches Dorf. Die Physik war für sie immer etwas Unverständliches und sie war beeindruckt, dass sich jemand freiwillig mit so einer schwierigen Materie auseinandersetzen wollte. Wie unterschiedlich die beiden doch waren und wie perfekt sie dennoch harmonierten. Hier spürte man ganz einfach, dass die Chemie passte.

Sie hätte sich noch endlos unterhalten wollen und es erging ihr nicht anders als Lotte, die sich in Gesellschaft der beiden Männer ausgesprochen wohlfühlte.

Trotzdem drängte sie ein bisschen zum Gehen. Sie hatte noch viel vorzubereiten für den nächsten Tag.

Ben schlief immer noch selig und Klara war sich nicht sicher, ob sie ohne Verabschieden gehen sollte. Was, wenn er sie dann überall suchte oder sich gar von ihr verlassen fühlte? Als würde er ihre Sorgen spüren, stand Ben plötzlich neben ihr und wedelte treuherzig mit dem Schwanz. „Geh du nur!" Klara hatte eine Woche lang auf ihn eingeredet und ihm die Situation immer wieder erklärt, jeder, der sie mit Ben reden gehört hätte, hätte sie sofort für verrückt erklärt. Jetzt war sie aber ganz sicher, dass Ben das verstanden hatte.

Sie knuddelte ihn ganz fest, drückte ihn an sich und küsste ihn auf die Stirn. „Bleib schön, Ben, bleib. Bis bald, mein kleiner Liebling."

Ben machte Sitz und blieb. Wie wunderbar einfach doch manchmal alles ging. Klara war trotzdem schwer ums Herz.

Sie machte sich mit Lotte auf den Weg.

18

Lotte hatte sich entgegen ihren Vorsätzen in der letzten Woche nicht viel Zeit für ihre Liste genommen. Sie musste feststellen, dass es gar nicht so einfach war, sich die Dinge zu merken. Wenn Julia an diesem Tag Dienst hatte, würde sie ihr wieder ein paar Fragen stellen müssen.

Bis Mittwoch wollte sie ihre ganze Papierliste erfasst haben, denn Miki würde sonst denken, sie stehle ihm nur seine Zeit.

Sie machte sich, so gut es ging, ans Werk. Lotte war so vertieft, dass sie fast auf die Mittagsmahlzeit vergaß. Als sie verspätet zu Tisch kam, aßen Hilde und Hans schon. Sie blickten fragend auf. „Alles gut", sagte Lotte, „ich habe nur die Zeit übersehen." Hans war schon unruhig, denn er wollte Lotte unbedingt erzählen, dass ihn sein Sohn am Nachmittag abholen würde. Lotte konnte es kaum glauben. Sie würden einen Ausflug machen und dann gemeinsam zu Abend essen. Lotte, die Hans' Sohn nicht mochte, war misstrauisch. Dass der einfach ohne Hintergedanken so mitten in der Woche Zeit für seinen Vater hatte, wollte sie nicht glauben. Sie hielt ihren Mund und tat, als würde sie sich für Hans freuen.

Hans war ganz hibbelig, wie einfach man ihm doch eine Freude machen konnte. Lotte blieb das erspart. Lisa war zu weit weg.

Als sie mit dem Essen fertig waren, stand Hans' Sohn schon im Aufenthaltsraum. Na so was, der schien es ja gar nicht erwarten zu können, seinen alten Vater abzuholen.

Hilde und Lotte gönnten Hans die Freude. Er holte noch schnell seine Jacke und seine Umhängetasche und weg war er.

Hilde widmete sich wieder einmal ihren Wollsachen und Lotte ging aufs Zimmer zurück, um an ihrer Liste zu arbeiten.

Als sie den Umschlag der Liste öffnete, fiel ihr Blick auf die letzten Zeilen, die sie übertragen hatte.

„Nach meinem Jugendfreund Theo Lindemann suchen, 12., Steggasse 17".

Ihre Gedanken schweiften weit zurück in ihre Kindheit. Theo wohnte mit seinen Eltern Tür an Tür mit ihnen. Er war der Bruder, den sie nie hatte. Sie vertrauten sich einfach alles an, sie heckten gemeinsame Streiche aus, spielten gemeinsam im Hof, lernten zusammen und waren die ganzen Ferien unzertrennlich. Sie schworen sich, ein Leben lang aufeinander aufzupassen und sich nie aus den Augen zu verlieren. Und was war daraus geworden? Als Theo zwölf war, zog er mit seinen Eltern nach Kärnten, sein Vater trat dort eine neue Stelle an und Theo musste mit. Sie waren wochenlang untröstlich, dachten daran, gemeinsam auszubrechen und sich irgendwo zu verstecken, bis die Eltern eingesehen hätten, dass sie nicht einfach fortgehen konnten und sie beide nicht trennen durften.

Aber all das änderte nichts, Theo ging fort. Sie

schrieben sich jede Woche einen langen Brief. In den Osterferien durfte Lotte ihn in Kärnten besuchen. Die Eltern setzten sie alleine in den Zug. Das war ein großes Hallo, als sie sich wiedersahen, unvergesslich schön waren diese Tage.

Doch mit der Zeit wurden die Abstände zwischen den Briefen länger, die Dinge, die sie sich schreiben wollten, weniger und schließlich hörten sie nichts mehr voneinander. Es war nicht, dass sie sich nicht mehr mochten, aber das langsame Erwachsenwerden und die Entfernung zerstörten ihre Vertrautheit. Sie hatte immer wieder an Theo denken müssen und Jahrzehnte später wurde er nun ein Teil ihrer Liste. Lotte wusste nicht, dass Miki das schon entdeckt hatte und dass „Theo Lindemann suchen" eigentlich als „~~Theo Lindemann suchen~~" hätte notiert sein müssen.

Lotte machte weiter. Nachdem sie derzeit versuchte, ihre Liste in alphabetische Reihenfolge zu bringen – sie war sich noch nicht ganz sicher, ob Themenbereiche nicht besser gewesen wären –, schrieb sie vor Theo das Wort „TATTOO".

Sie schaute, ob sie irgendein Zeichen fand, das sie dahintersetzen konnte, aber es eignete sich nichts. Lotte war keine verrückte Alte, aber irgendwie gefiel ihr der Gedanke, etwas Unauslöschliches auf ihrer Haut anzubringen. Etwas, was ihr Lisa, William und Aaron näherbringen würde. Etwas, wo ihr Blick hinfallen konnte und ihre Sehnsucht ein wenig gestillt werden würde. In tausend Jahren hätte sie nicht den Mut, einen dieser hippen Läden zu betreten und dort ihre Wünsche zu äußern. Aber ihre Liste enthielt ja nicht nur erfüllbare Wünsche. Was Miki wohl jetzt von ihr dachte? Ein Tattoo für Lotte, das war wohl auch etwas, was beim Lesen der Liste ein belustigtes Lächeln auf sein Gesicht gezaubert hätte.

Als sie gerade eine kleine Pause machen wollte, streckte Julia den Kopf zur Tür herein. Lotte war so überrascht, dass sie die Liste nicht schnell genug verstecken konnte.

Julia grinste und es dämmerte ihr, woher der Eifer rührte, von dem Lotte in den letzten Wochen beseelt war.

„Warum haben Sie mir denn nichts erzählt?", fragte sie jetzt unbekümmert. „Dann hätten wir doch gleich hier üben können." Lotte hatte keine Sorge, dass Julia ihr etwas wegnehmen könnte, es war eben nur, dass sie noch nicht bereit dazu war, jedem ihre Liste zu zeigen.

„Das ist super, dann können Sie jetzt vom Zimmer aus mit Liz skypen. Ist ja auch viel einfacher." Es ging also! Man konnte mit der Liste skypen! „Soll ich Ihnen das später einrichten?" Einrichten?

„Wenn alle schlafen, komme ich wieder", grinste sie noch und weg war sie. Julia hatte es immer eilig.

Lotte war aufgeregt, wippte mit dem Fuß und nagte an ihren Fingernägeln. Was, wenn Julia ihre „App" mit der Liste öffnen würde? Sie wollte das nicht. Sie konnte der Jugend aber auch nicht folgen, die war so schnell mit ihren Fingern, mit den Einstellungen da und den

Eintragungen dort, dass sie sicher nur Bahnhof verstehen würde.

Sie überlegte, wie sie Julia davon abhalten konnte, ihr zu helfen, aber vom Zimmer aus mit Lisa zu skypen, war schon sehr verlockend.

Zwei Stunden später klopfte Julia leise an ihre Tür. „Sind Sie noch wach, Frau Kalner?" – „Komm rein! Und hör endlich auf, mich Frau Kalner zu nennen, ich bin Lotte. Einfach Lotte, das genügt." Julia grinste, sie war unkompliziert und liebenswürdig. Sie ging ganz selbstverständlich zum Du über. Sie war einfach eine Wohltat in diesem Tempel der Einöde und Langeweile.

„Darf ich?" Sie schnappte sich die Liste und pfiff anerkennend mit den Zähnen. „Nicht schlecht, der Kasten!"

Julia wunderte sich sicher, wo Lotte das Ding herhatte, später würde sie ihr von Miki erzählen, das gehörte ohnedies zu ihrem Kuppelplan.

Aber jetzt machte sich Julia mit flinken Fingern daran, eine Verbindung zu Lisa herzustellen. Lotte achtete streng darauf, dass sie nichts Falsches öffnete. Aber Julia war diskret. Sie dachte gar nicht daran, das Vertrauen der Alten hier im Haus zu missbrauchen. Sie hatte Respekt und Anerkennung für alle, für jene, die so taff waren wie Lotte, sowieso.

Es war Viertel nach elf, als Julia so weit war, neun Uhr fünfzehn in Sydney, eine gute Zeit, die Kinder waren schon in der Schule und Lisa hoffentlich nicht beim Einkaufen. Julia wählte, aber niemand hob ab. Lotte war enttäuscht. Sie hatte sich so gefreut. Julia erklärte ihr die wichtigsten Handgriffe, es war ein wenig anders als am Heimcomputer. Sie schrieb alles auf einen Zettel. Lotte sollte es etwas später selbst nochmals versuchen. Lotte war nicht so zuversichtlich, dass ihr das gelingen würde.

Julia musste weiter, sie hatte ohnedies schon zu viel Zeit bei Lotte verbracht und die war die Letzte, die sie in Schwierigkeiten bringen wollte. „Ciao Lotte! Gute Nacht!"

„Gute Nacht, Julia."

Lotte bemerkte erst jetzt, dass sie erschöpft war. Die Versuchung, später mit Lisa zu telefonieren, war groß, aber die Müdigkeit übermannte sie. Sie legte ihre beiden Listen zurück unter die Unterwäsche, wusch sich und schlief im Nu ein.

Sie schlief diesmal tief und traumlos.

19

Beim Frühstück am nächsten Morgen sah man es schon von Weitem, Hans war unglücklich. Er wollte nicht so recht mit der Sprache herausrücken. Hilde bohrte nicht, Lotte schon. „Was war gestern los?"

Hans blieb wortkarg.

Früher schluckte Lotte immer alles hinunter. Inzwischen war sie direkter. Es fiel ihr schwer, eine Masche um jede Unverfrorenheit zu binden. Sie wusste, dass sie manchmal zu weit ging.

„War der Fratz nicht nett zu dir?" Hans war überrascht, so kannte er Lotte gar nicht.

Aber ihre direkte Art öffnete offenbar eine Schleuse bei ihm und es brodelte nur so aus ihm heraus.

Hans junior war in Geldnöten! Nicht nur dass der schöne Mercedes gar nicht ihm, sondern der Bank gehörte, er hatte auch eine Hypothek auf das Haus aufgenommen, das Hans ihm überschrieben hatte, und sein Bankkonto hoffnungslos überzogen. Der gestrige Ausflug war nicht mehr als ein verzweifelter Versuch, Geld aus Hans herauszuquetschen. Hans hatte einmal angedeutet, dass man von dem lächerlichen Taschengeld, das einem hier überlassen würde, nicht leben könnte und jeder dumm wäre, der sich darauf verließe. Lotte hatte daraus geschlossen, dass auch er über gewisse Reserven verfügte. Jetzt hoffte sie inständig, dass Hans junior nichts davon wusste und Hans ihn zumindest ein wenig zappeln ließ. Vielleicht wäre das ja ein Magnet, der den Junior öfters ins Haus des Lebens ziehen würde. Zappeln lassen hieß die Devise, da war sich Lotte sicher.

„Du hast dich doch nicht gleich überreden lassen, oder?" Jetzt war auch Hilde auf den Zug aufgesprungen. „Ich hab ja gar nichts", knurrte Hans unwillig, ohne dass ihm die beiden auch nur ein Wort davon glaubten. „Gut so", damit war die Sache erst mal vom Tisch. Aber Lotte nahm sich fest vor, Hans darin zu bestärken, sein mühsam Erspartes nicht an den missratenen Sohn zu verschwenden. Es wäre vermutlich sowieso nur ein Tropfen auf den heißen Stein.

Was Lotte wohl getan hätte, wäre Lisa in solchen Nöten? Aber Lisa war keine Angeberin und schon gar keine, die gerne Geld annahm, geschweige denn danach fragen würde. Wie oft Lotte versucht hatte, ihr Geld für einen Flug in die Heimat aufzudrängen, konnte sie gar nicht mehr sagen.

Nach dem Mittagessen wollte Lotte Klara im Krankenhaus besuchen. Ein wenig Abwechslung würde ihr sicher guttun.

Sie machte sich gegen ein Uhr auf den Weg und hoffte, dass man sie so früh überhaupt ins Spital ließ. So streng war das heutzutage ohnedies nicht mehr mit den Besuchszeiten.

Als sie an Klaras Zimmertüre klopfte und eintrat, staunte sie nicht schlecht. Tom war gerade dabei, einen Strauß Blumen mit Wasser zu versorgen. Es war unglaublich, nicht nur dass er und Miki ganz uneigennützig Ben bei sich aufgenommen hatten, er nahm sich auch noch Zeit für einen Krankenbesuch. Es gab ein großes Hallo und Klara schien sichtlich gerührt von ihren zwei Besuchern. Dass Tom sogar seine Mittagspause für sie opferte, war unfassbar.

„Ist doch Ehrensache", sagte Tom, „schließlich muss ich von Ben berichten." Er erzählte von Bens Streichen, dass er brav aß und auch gerne spazieren ging, nachmittags schlief er in der Bäckerei und alles sei ganz einfach mit ihm. Klara war begeistert, ja sogar ein wenig eifersüchtig.

Aber sie gönnte Ben seinen „Urlaub".

Ihre Untersuchungen gingen nur schleppend voran und sie machte sich ein wenig Sorgen, weil sie wahrscheinlich nicht vor Mitte nächster Woche nach Hause könnte. Sie blickte Tom fragend an. Aber der lachte nur und meinte, so schnell hätten sie Ben ohnedies nicht wieder herausgerückt. Klara war sichtlich erleichtert.

Am Sonntag, wenn die Bäckerei zuhatte, würden sie mit Lotte und Ben einen Ausflug machen. „Pst, ist aber noch ein Geheimnis", sagte er augenzwinkernd. Lotte horchte auf, war gespannt und freute sich sichtlich. Es war so herrlich, wieder mit beiden Beinen im Leben zu stehen.

Tom verabschiedete sich bald und ließ die beiden alleine.

Lotte erzählte Klara noch von Hans. „Immer das Gleiche mit den lieben Verwandten, immer dreht sich alles nur ums Geld", seufzte Klara, die nach dem Tod ihres Mannes diesbezüglich die gleichen Erfahrungen gemacht hatte.

Sie tratschten noch über dies und das und die Zeit verflog ganz schnell. Als Lotte ging, war es schon weit nach fünfzehn Uhr.

Sie besorgte noch ein wenig Obst und Schokolade und machte sich dann wieder auf den Weg nach Hause.

20

Die Woche über telefonierte sie das eine oder andere Mal mit Miki, um zu erfahren, wie es ihnen mit Ben erging und um einen Treffpunkt für Sonntag zu vereinbaren. Das Wetter war sonnig und warm vorausgesagt und Lotte war gespannt und aufgeregt. Sie hatte schon lange keinen Ausflug mehr gemacht.

Am Sonntag gleich nach dem Frühstück wurde sie von den dreien abgeholt. Ben begrüßte sie schwanzwedelnd. Tom und Miki drückten ihr gleichzeitig ein Küsschen auf die Wange. Lotte fühlte sich ausgesprochen wohl. Sie hatte wieder ihre Jean und den blauen Sweater angezogen, hatte einen kleinen Rucksack gepackt und war voller Tatendrang. Sie fühlte sich um Jahre jünger. „Wohin fahren wir denn?" Die beiden standen ihr schweigend und grinsend gegenüber. „Es wird nichts verraten." Ob Miki wieder einen ihrer Wünsche von der Liste erfüllen würde?

Sie fuhren mit der alten Jazz-Kiste über die Autobahn aufs Land hinaus. Für Ben hatten sie ein Körbchen auf die Bank gestellt, in dem er sicher und friedlich schlummerte. Miki trällerte vor sich hin und Lotte stimmte fröhlich ein. Ein alter Schlager aus den Sechzigern, den sie ewig nicht mehr gehört hatte. Miki sagte, er sei mit den Schlagerplatten seiner Eltern förmlich großgezogen worden. Für einen Augenblick wirkte er abwesend und traurig, Sorgenfalten zogen über seine Stirn und ließen ihn älter aussehen.

„Schau, da vorne! Wir sind gleich da." Ein paar Hundert Meter später hielt er an einem alten Bahnhofsgebäude. „Befahren Sie unsere romantische Bahnstrecke" stand in großen Lettern auf einem Schild. Lotte dachte an eine alte Dampflok.

Tom sagte, er hoffe, sie habe Lust auf eine Radtour. Radtour? Lottes Augen wurden groß. Ja, Lotte wollte immer schon Radfahren lernen und sie wusste auch genau, dass es auf ihrer Liste stand. Aber unter der Rubrik „Törichte Wünsche". Sie wusste genau, dass es durchgestrichen war. „R̶a̶d̶f̶a̶h̶r̶e̶n̶". Sie war immer traurig, dass sie als Stadtkind nie die Gelegenheit dazu gefunden hatte und als Lisa klein war, war sie schon nicht mehr mutig genug dafür. Aber jetzt in ihrem Alter, nein, das ging wirklich nicht. Lotte stotterte und suchte krampfhaft nach einer Ausrede. „Habt ihr denn wirklich Räder mitgenommen?" Sie hatte jetzt ein schlechtes Gewissen, sie wollte den beiden nicht den Tag verderben. „Ich kann ja gerne so lange mit Ben spazieren gehen und mich irgendwo in ein gemütliches Café setzen." Sie bezweifelte aber, hier in der Einöde auch nur irgendeine Einkehrmöglichkeit zu finden.

Die beiden grinsten drollig, sie wollten Lotte nicht aufs Glatteis führen. „Nein, nein, keine Angst!"

Sie holten einen Picknickkorb aus dem Ladeteil der Jazz-Kiste und machten sich gemeinsam mit Ben und Lotte auf zur Bahnstation.

Jetzt sah Lotte die Räder und war erleichtert. Es

waren vierrädrige Fahrzeuge, die auf Bahnschienen fuhren. Man konnte damit ganz sicher nicht umfallen.

Vor ihnen kletterte gerade eine Familie auf eine dieser Draisinen. Vorne Vater und Sohn, hinten die Mutter mit der kleinen Tochter. Wer vorne saß, musste fleißig treten, hinten konnte man genießen. Lotte entspannte sich, sie würde es lieben, mit Ben hinten Platz zu nehmen!

Sie bekamen ihr Wägelchen zugewiesen, wurden ein wenig über Strecke und Einkehrmöglichkeiten instruiert und ab ging die Post. Lotte liebte diese Gegend über alles, früher hatte sie mit Georg und Lisa oft einen Ausflug hierher gemacht. Die Pannonische Tiefebene, Puszta-Idylle mit Ziehbrunnen, ach, wie sie das vermisst hatte! Zu dieser Jahreszeit blühte der Raps und es war gelb, so weit das Auge reichte.

Tom und Miki radelten übermütig und Ben genoss den Fahrtwind, er reckte seine Nase aus dem Körbchen und schaute neugierig in der Gegend herum. Lottes Gedanken schweiften ein wenig zurück, sie dachte darüber nach, was in den letzten Wochen mit ihrem Leben geschehen war und ob das alles wirklich real war. Vielleicht könnte sie jemand mal zwicken. Alles schien so einfach, unkompliziert und erfreulich, als hätte sie eine neue Familie gefunden. Dass diese zwei jungen Männer so uneigennützig ihr Leben bereicherten, wollte ihr gar nicht so recht in den Kopf gehen. Sie war selig vor lauter Glück. „Lotte! Lotte!" Wie von weit weg hörte sie Miki rufen. „Schläfst du?" – „Aber nein, ich genieße es nur so sehr, euch so außer Puste zu sehen", lachte sie. „Das ist es ja eben, wir brauchen dringend eine Pause. Magst du mal?" Tom, der einen Plan mit der Route in seinen Händen hielt, meinte, die nächsten zwei Kilometer würden stets ein wenig bergab führen und das sei die Gelegenheit! „Komm schon, Lotte, es macht dir sicher Spaß."

Lotte zögerte ein wenig, aber die Lust, mal in die Pedale zu treten, war groß. Sie hielten an und Miki und Lotte wechselten die Plätze. Der schmale Sattel war ein wenig gewöhnungsbedürftig, sie rutschte von links nach rechts und war etwas unbeholfen. Aber nach nur wenigen Minuten war Lotte in ihrem Element, sie strampelte mit Tom im Gleichklang und es tat ihr wohl, Wind und Sonne im Gesicht zu spüren. Sie fühlte sich so beschwingt, dass sie nie wieder würde aufhören wollen.

Nachdem die kurze Talfahrt zu Ende war, schlug Tom eine Pause vor, sie hoben die Draisine von den Schienen, schnappten sich ihren Picknickkorb und suchten sich ein hübsches Plätzchen auf einer nahen Wiese. Sie hatten an alles gedacht, eine Decke, einen Polster für Lotte, einen Korb voll mit Käse, Trauben und Brot. Eine Flasche mit köstlicher Zitronenlimonade und sogar Kaffee und Kuchen hatten sie vorbereitet. Tom spielte ein wenig mit Ben, der wie immer übermütig seinem roten Ball hinterherjagte. Eine Szene wie aus einem kitschigen Rosamunde-Pilcher-Film. Nichts hätte besser sein können.

Als Tom außer Atem war, setzte er sich zu ihnen und Ben bekam einen großen Kauknochen zur

Beschäftigung.

Die Frühlingssonne wärmte sie angenehm. So saßen sie nun gemütlich auf ihrer Picknickdecke, verputzten ihre kleinen Köstlichkeiten und hielten genüsslich ihre Gesichter in die Sonne. Ben schlummerte friedlich vor sich hin. Später, verriet Miki, würden sie noch an einer Eisdiele vorbeikommen. Lotte rieb sich den Bauch.

Nach einer Weile drucksten die beiden irgendwie verlegen herum und Lotte spürte, dass sie etwas auf dem Herzen hatten.

Kurz dachte sie an Hans junior. Nein, sie hatte eine gute Menschenkenntnis und war sich sicher, dass Miki und Tom keine Erbschleicher waren. Sie hätten sich dann wohl auch kaum an eine Alte aus dem Seniorenheim herangemacht.

Was war nur los? Hier in der Einöde fühlte sich Lotte jetzt doch ein wenig unwohl.

„Wir müssen dir etwas sagen, Lotte", sprudelte es fast zeitgleich aus ihren Mündern. Was könnten diese beiden entzückenden Burschen bloß angestellt haben? Ein großartiges Verbrechen traute sie ihnen schlichtweg nicht zu. „Lotte?" Mikis Stimme war seltsam belegt. „Ja?"

Lotte ahnte, dass er etwas loswerden wollte, was ihm nicht leichtfiel. Was war denn los, konnte oder wollte er doch die nächste Zeit nicht mit ihrer Liste verbringen. Hatte er etwas angestellt? Wollten die beiden doch an ihr Geld? Waren sie in Schwierigkeiten? Lotte war grundsätzlich kein misstrauischer Mensch, aber jetzt ratterte es ganz gehörig in ihrem Kopf.

Miki räusperte sich und stotterte verlegen vor sich hin. Tom kam ihm zu Hilfe. „Weißt du, Lotte, wir sind keine gewöhnlichen Freunde, Miki und ich, wir sind ein Paar." Aber das wusste Lotte doch, dass die beiden ein tolles Team sind. „Ein Liebespaar", ergänzte Tom. Ach so!

Lotte lachte laut auf und irritierte die zwei damit. „Und jetzt glaubt ihr, dass mich das stört? Ja wo leben wir denn, man kann sich ja schließlich nicht aussuchen, wo die Liebe hinfällt. Und bei euch beiden ist sie sowieso goldrichtig gelandet." Sie war nicht im Geringsten verblüfft. Es war einfach nicht wichtig für sie und es fühlte sich sowieso richtig an. Sie drückte einen nach dem anderen herzlich an sich, fuhr Miki durch die langen Haare und sagte: „Ihr müsst euch doch nicht verstecken und schon gar nicht vor mir." Und das war's dann für sie. Es war ganz normal.

Miki fiel ein Stein vom Herzen, er war so glücklich und befreit wie schon lange nicht. Er hätte mit fast allem gerechnet, aber nicht damit, dass es derart unkompliziert verlaufen würde. Keine Fragen, keine Verwunderung, keine Ablehnung, rein gar nichts. Als hätte er gerade erzählt, dass sie gut essen waren. Das hätte vermutlich mehr Interesse bei Lotte geweckt. Miki grinste bis über beide Ohren. „Lotte, du bist und bleibst die Beste!"

Miki hatte lange überlegt, ob er seine Lebensweise sichtbar machen sollte, nicht zuletzt da sein Vater so abweisend und verletzend reagiert hatte. Sein Vater dachte lange Zeit, es wäre nur eine vorübergehende Phase in seinem Leben und alles würde gut. Er würde ihm eine süße Schwiegertochter und später einmal viele Enkel nach Hause bringen. Miki wusste, dass er ihn diesbezüglich würde enttäuschen müssen. Es war nicht einfach nur irgendeine Phase, es war sein Leben.

Er hatte es zu Anfang selbst am allerwenigsten verstanden und auch nicht wahrhaben wollen. In der Schule war er der erklärte Mädchenschwarm und vielen ein unverzichtbarer Freund.

Ein bester Kumpel, der immer für alle ein offenes Ohr hatte. Sie weinten sich bei ihm aus und erzählten ihm alles über den ersten Liebeskummer, über die Probleme mit den Eltern, über den Streit mit der besten Freundin, wie doof dies und jenes war, wenn sie glücklich waren oder wer der Auserwählte für den ersten Schulball war. Er fühlte sich aber nie in sexueller Weise zu ihnen hingezogen, so gern er sie auch alle mochte.

Das erste Herzklopfen und die ersten Schmetterlinge im Bauch verspürte er vielmehr bei einem Jungen aus der Nachbarklasse. Miki war damals fünfzehn. Er war verwirrt und wollte es nicht wahrhaben. Was war bloß los mit ihm? Er hatte natürlich nicht die leiseste Ahnung, ob es dem anderen Jungen genauso erging wie ihm. Jedenfalls kamen keine Signale.

Wochen später auf dem Schulball war es dann so weit, seine aufkeimende Liebe wurde doch erwidert. Sie trafen sich oft, kuschelten viel und unternahmen fast alles miteinander. Beste Freunde für die anderen, ein Liebespaar für sich selbst. Alles blieb geheim! Niemand erfuhr je etwas davon. Das Versteckspiel war anstrengend, keine öffentliche Zärtlichkeit, kein Kuss. Irgendwann konnte ihre junge Liebe diesem Druck nicht mehr standhalten und nach wenigen Monaten war auch schon wieder alles vorbei.

Miki konzentrierte sich auf die Schule und auf seine Musik. Eine neue Beziehung ergab sich nicht. Doch einer Sache war er sich sicher, auch die nächste Liebe würde mit Bestimmtheit ein Mann sein.

Es belastete ihn, wenn ihn die Verwandten neckten, ob er denn nicht schon eine Freundin habe, und ihn immer mit den Mädels aufzogen. Mit siebzehn beschloss er dann, den ersten Schritt zu wagen, und vertraute sich seinem Vater an. Hätte er nur im Entferntesten gewusst, welches Desaster er damit auslöste, er hätte es bleiben lassen.

Es ging Schlag auf Schlag und heute kam es Miki so vor, als hätte er sich nur wenige Wochen später schon bei seinen Großeltern wiedergefunden. Diese Zeit war die schlimmste seines Lebens. Die lautstarken Auseinandersetzungen und das noch schlimmere, darauf folgende Schweigen würde er nie vergessen.

Es machte ihm schwer zu schaffen. Heute hatte er nahezu keinen Kontakt mehr zu seinem Vater, seit fast neun Jahren gab es gerade mal einen Anruf zum Geburtstag oder eine Karte zu Weihnachten. Miki glaubte zu spüren, dass da mehr war. Aber keiner machte den ersten Schritt, schon gar nicht sein Vater, der immer schon ein sturer Kerl war, und so zogen die Jahre dahin. Miki schmerzte das sehr. Sie waren einmal ein gutes Team.

Bis zu diesem Tag wussten daher nur ein paar wenige Freunde und natürlich seine Großeltern von seiner Homosexualität.

Als er Tom kennengelernt hatte, war alles anders. Miki hätte es am liebsten in die Welt hinausposaunt. Jeder, aber auch wirklich jeder sollte sehen, wie glücklich er war. Dass das nicht klug war, war ihm klar, aber sollten sie sich ein Leben lang verstecken? Er wollte Tom heiraten und eine Familie gründen. Er hatte Sehnsucht nach Kindern und sie planten, zumindest ein Pflegekind bei sich aufzunehmen. Von ihm aus auch drei.

Tom und Miki waren kein schrilles Paar, das unbedingt in der Öffentlichkeit Händchen halten musste und die anderen mit Küssen irritieren wollte. Sie wollten niemanden mit ihrer Zuneigung vor den Kopf stoßen. Wenn ihnen aber jemand wichtig war, und das war Lotte zweifelsohne, dann wollten sie auf keinen Fall etwas verbergen müssen. Sie hatten also beschlossen, sie einzuweihen. Das Risiko, sie als Freundin zu verlieren, mussten sie eingehen, das war jedes Mal so. Auf ihre Menschenkenntnis konnten sie sich in diesem Punkt leider kaum verlassen. Es war auch in der heutigen Zeit noch etwas, womit viele einfach nichts anzufangen wussten. Manche hielten es gar für eine Krankheit.

Bei Tom war alles anders, er hatte stets den nötigen Rückhalt in seiner Familie. Miki hatte hier ein neues Zuhause gefunden, er wurde herzlichst aufgenommen. Toms Mutter liebte es, ihre zwei zu bekochen und zu verwöhnen und mit Toms Vater konnte er stundenlang über alles Mögliche plaudern. Ihre Sexualität war einfach nicht wichtig, sie stand nicht im Vordergrund, sie mussten sie aber auch nicht verstecken. Ein Kuss, ein zärtliches Händchenhalten, alles kein Problem für Toms Eltern. Wie gut das tat. Tom hatte kaum negative Erfahrungen gemacht, weder bei seinen Freunden noch im Beruf oder sonst wo. Er hängte es nicht an die große Glocke, er verleugnete und versteckte es aber auch nicht. Tom war sich deswegen wegen Lotte ganz sicher. Ja, sie war alt, aber entweder man hatte das Herz am rechten Fleck oder nicht.

Nachdem sie Lotte noch ein wenig von ihren beiden Lebensgeschichten erzählt hatten und auch von der Verachtung, die Mikis Vater seit seinem Outing für ihn übrighatte, packten sie wieder ihren Korb, hoben die Draisine auf die Schienen und fuhren weiter.

Lotte nahm wieder hinten Platz und ließ sich chauffieren. Tom drückte Miki ein Küsschen auf die Wange, das erste Mal, dass sie vor Lotte Zärtlichkeiten austauschten, und die sah es gerne. Sie war immer schon ein sehr toleranter Mensch gewesen. „Leben und leben lassen" war ihre Devise. Was hinter anderen

Türen vor sich ging, interessierte sie nicht im Geringsten. Und wenn diese zwei jungen Männer miteinander glücklich waren, dann konnte das nur rechtens sein.

Nach einer halben Stunde gemütlicher Fahrt entlang gelber Felder, des langsam austreibenden Weins und traumhaft blühender Bäume kamen sie zur versprochenen Eisdiele. Lotte liebte Eis und sie spendierte jedem eine große Tüte. Das letzte Stück durfte Lotte noch mal strampeln, es waren nur mehr wenige Hundert Meter, bis sie wieder beim Ausgangspunkt waren. Herrlich, was für ein schöner Nachmittag!

Beim Nachhausefahren erzählte Miki dann von Theo. Lotte war ganz hin und weg, wie klein die Welt doch war! Dass Theo nicht mehr unter ihnen weilte, machte sie traurig.

Miki schlug ein Treffen mit seinem Großvater vor. Lotte freute sich, zumindest auf diesem Weg noch ein bisschen mehr über Theos Leben zu erfahren, außerdem war sie gespannt auf Mikis Opa.

Sie erreichten die Stadt und ihre Gespräche verstummten, leise Musik tönte aus dem Radio. Alle vier waren wohlig müde.

21

Die nächsten Tage verbrachte Lotte damit, an ihrer Liste weiterzuarbeiten. Sie verzierte das Radfahrenlernen mit zwei verschlungenen Herzen und einem kleinen roten Drahtesel. Das liebte sie mittlerweile mehr als ihre bunten Häkchen. Sie war nicht zuletzt dank Julias Hilfe schon ganz geschickt darin.

Bezüglich Julia war sie ein wenig traurig, denn sie hätte sie ganz gerne neben Miki gesehen. Aber vielleicht könnte sie hier zumindest eine Freundschaft einfädeln.

Sie ging zum Sport und besuchte Klara im Spital. Klara sollte am Mittwoch entlassen werden. Sie hatte schon große Sehnsucht nach Ben. Die Untersuchungen verliefen bestens und sie war entspannt und gut gelaunt. Lotte erzählte von ihrem gemeinsamen Ausflug und Klara freute sich, nicht zuletzt weil Ben eine so schöne Zeit verbrachte. Tom rief sie jeden Tag an und erstattete Bericht über den kleinen Racker. Lotte war keine Petze, aber sie konnte nicht anders und erzählte Klara, dass Miki und Tom ein richtiges Paar waren. Die grinste nur, denn sie hatte das längst bemerkt. Aber genau wie Lotte war Klara da ganz liberal und es störte sie absolut nicht. Warum auch? Zwei so liebenswerte, selbstlose Burschen musste man einfach mögen.

Lotte hatte sich vorgenommen, sich bei Miki zu revanchieren. Sie trug sich mit dem Gedanken, Kontakt zu seinem Vater aufzunehmen. Sie recherchierte den Namen Hagen im Internet. Leider kannte sie den

Vornamen von Mikis Vater nicht, aber er hatte einmal erwähnt, dass er in einem kleinen gemütlichen Haus in Sievering aufgewachsen war. Es gab viele Hagen, aber nur einen in Döbling. Ludwig Hagen. Sie notierte Telefonnummer und Adresse auf ihrer Papierliste und malte eine Träne dahinter.

Ihrer zerschlissenen Liste würde Miki in nächster Zeit wohl kaum Aufmerksamkeit schenken. Sie wollte auf keinen Fall, dass er diese Notiz sah.

Seit Tagen spielte Lotte also mit dem Gedanken, Mikis altem Herrn einen Brief zu schreiben.

Sie wollte versuchen, die zwei einander wieder näherzubringen. Zumindest von Miki wusste sie, dass er sich nichts sehnlicher wünschte, und von seinem Vater konnte sie das nur annehmen. Sie war sich aber fast sicher, dass es dem alten Esel nicht anders erging. Die Fronten waren einfach nur verhärtet und falscher Stolz hatte zu viel Unheil angerichtet. Einen Schritt aufeinander zuzugehen, war schwierig geworden.

An diesem Tag nahm sie sich endlich die Zeit dazu.

Lotte hatte schon lange keinen Brief mehr geschrieben, im Zeitalter von Mail und Skype war das unmodern geworden.

Sie hatte noch eine Schachtel mit einer kleinen Auswahl bunten Briefpapiers und dazu passenden Kuverts. Sie suchte sich einen schlichten blauen Bogen heraus und begann zu schreiben. Es ging ihr ganz flott von der Hand, fürs Schreiben hatte Lotte immer schon ein gutes Händchen.

In der Zeit vor Lisa arbeitete Lotte in einem kleinen Verlag. Sie liebte ihre Arbeit und ihre Kollegen. Sie las damals gerne und viel und träumte davon, selbst einmal ein Buch zu schreiben. Auch das stand auf ihrer Liste. Lotte hatte es aber durchgestrichen, weil es ihr wirklich nicht mehr wichtig war. Als Lisa kam, beschloss Georg, dass sie sich voll und ganz um das liebe Töchterchen kümmern sollte. Anfangs vermisste sie ihr altes Leben und den Verlag, aber eigentlich war sie auch gerne nur Mutter und Hausfrau. Es war gut, wie es war.

Lotte schrieb zügig. Was sie sagen wollte, sprudelte nur so aus ihrem Herzen. Sie unterschrieb den Brief, dann fügte sie noch einen Satz hinzu, um sich zu erklären, falls sie doch den falschen Herrn Hagen aus dem Telefonbuch gesucht hatte.

Sie klebte das Kuvert sorgfältig zu, schrieb die Adresse, die sie im Verzeichnis des Internets gefunden hatte, vorne darauf, auf der Rückseite notierte sie ihren Namen und die Adresse des Seniorenheims. Sollte er ruhig Kontakt aufnehmen mit ihr, wenn er das wollte.

Dann sprühte sie noch etwas Lavendelduft darauf, wie sie es immer tat, wenn sie ein Päckchen nach Australien schickte. Sie wollte einen vertrauten Duft um die Welt schicken. Die Kinder sollten wissen, wie ihre Oma roch. Sie wusste, dass das töricht war, denn auf dem langen Weg blieb davon wahrscheinlich gar nichts übrig, aber es war ihr wichtig.

Am nächsten Tag würde sie den Brief gleich in der Früh persönlich zur Post bringen. Sie konnten ihre Post auch im Seniorenheim abgeben, aber das schien ihr in dieser wichtigen Angelegenheit zu heikel.

Sie legte den Brief unter ihre Unterwäsche zu ihrer Papierliste, dann machte sie sich auf den Weg zu Hilde, sie brauchte jetzt ein wenig Ablenkung.

Hilde erzählte, dass Hans junior am Vortag wieder da gewesen war und seinen Vater abgeholt hatte. Lotte ahnte nichts Gutes. Am Abend war Lotte nicht mehr beim Essen und wie sie jetzt erfuhr Hans auch nicht. Kaum dass sie über ihn gesprochen hatten, tauchte Hans plötzlich im Aufenthaltsraum auf. Er war blass und ging ein wenig gebückter als sonst. Man sah ihm schon von Weitem seine Sorgen an. „Hallo meine zwei Hübschen", grüßte er matt, „wie geht's?" – „Uns geht's gut", tönten sie fast wie aus einem Mund, „aber was ist denn mit dir los?" Sie merkten gleich, dass er sie gesucht hatte, um sich auszuweinen.

Hans ließ sich auch nicht lange bitten. Das Desaster war weit größer als befürchtet. Hans junior hatte sich hoch verschuldet und musste wohl Privatkonkurs anmelden, da halfen auch die paar Reserven vom Vater nichts mehr.

Hans konnte das einfach nicht verstehen, so hatte er seinen Jungen nicht erzogen. Er machte sich Sorgen um das Haus. Alles, was er geschaffen hatte und ihm wichtig war, durfte doch nicht für immer weg sein. Es waren zwar nur materielle Dinge, aber sein Herz hing nun mal daran.

Am nächsten Tag sollte er Hans junior zur Schuldnerberatung begleiten, der war auf einmal ganz klein und wollte nicht ohne seelischen Beistand sein. Na schau mal einer an!

Hans konnte ihn jetzt nicht hängen lassen, sie mussten ein Konzept finden und abschätzen, was noch zu retten war.

Hilde und Lotte waren bestürzt und Hans tat ihnen unendlich leid. Es wäre ihm jetzt nicht geholfen gewesen, wenn sie über den Filius hergezogen hätten. Irgendwie konnte Lotte ihn ja auch verstehen. Eltern können nicht anders, sie kümmern sich ein Leben lang.

Hilde klopfte sich heimlich auf die Schulter und gratulierte sich wieder einmal selbst dazu, keine Kinder zu haben. Zumindest diese Sorgen blieben ihr erspart. Früher war sie oft traurig, dass ihr das Schicksal keinen Nachwuchs vergönnt hatte, aber sie war längst darüber hinweg.

Hilde hatte fast keine Verwandten, nur eine entfernte Cousine, die auch schon in die Jahre gekommen war. Manchmal trafen sich die beiden und plauderten über vergangene Zeiten. Hilde freute sich jedes Mal sehr auf diese Treffen.

Sie trösteten Hans noch ein wenig und machten ihm Hoffnung, dass schon alles wieder gut werden würde. Lotte glaubte nicht daran, aber sie konnte manchmal auch ihren Mund halten. An diesem Tag wollte sie einfach nur nett sein und Hans ein bisschen zuversichtlich stimmen.

Es war Zeit zum Mittagessen und die drei gingen gemeinsam in den Speisesaal. Es gab Hans' Lieblingsessen, Rindsrouladen mit Nudeln, als hätte man gewusst, dass hier jemand einen kleinen Lichtblick benötigte.

Den Alten war ein gutes Essen immer wichtig, Lotte etwas weniger. Hans schien sich langsam wieder zu fangen und bald konnten sie sogar ein wenig scherzen über die verfahrene Situation. Alles würde gut, wo ein Wille, da ein Weg!

Lotte musste wieder an Miki und seinen Vater denken. Sie hoffte, dass auch das ein gutes Ende finden würde.

Ach ja, die lieben Kinder.

22

An diesem Tag brachte Lotte den Brief zur Post. Sie war aufgeregt und hoffte, das Richtige zu tun. Sie war nun einmal ein durch und durch harmoniebedürftiger Mensch und solche Torheiten konnte sie nicht aushalten. Wenn sie nicht versuchen würde, die beiden miteinander zu versöhnen, würde sie sich ewig Vorwürfe machen.

Danach holte Lotte Klara aus dem Spital ab. Zu Mittag wollte Tom Ben zurückbringen. Lotte und Klara hatten vereinbart, gemeinsam auf ihn zu warten.

Als Lotte zu Klara ins Zimmer kam, hatte sie schon alles gepackt, sie war froh, endlich nach Hause zu können. Lotte nahm ihr die Tasche ab, sie hakten sich unter und gingen zum Schalter. Als sie den Patientenbrief und noch ein Rezept für Klara in Händen hielten, machten sie sich auf den Weg.

„Lotte?" – „Ja, Klara?" – „Denkst du, wir könnten noch etwas besorgen? Ich möchte den beiden eine Freude machen, ich weiß nicht, was ich ohne sie getan hätte. Hast du eine Idee?" Lotte dachte kurz nach. Tom hatte einmal erwähnt, dass er für Rumkugeln sterben würde. Sicher würde er einmal ganz kugelrund davon, lachte er damals. Klara war das aber zu wenig. „Denkst du, sie würden sich über einen Gutschein für ein Dinner für zwei freuen?" Lotte war sich sicher. Die zwei hatten ohnedies viel um die Ohren und nahmen sich bestimmt nicht oft die Zeit dafür, sicher auch wegen des lieben Geldes. Sie besorgten also einen Gutschein von einer gemütlichen Weinbar in der Stadt und eine große Schachtel Rumkugeln. Dann kauften sie noch Kleinigkeiten für ein kaltes Mittagessen. Tom würde sicher hungrig sein, wenn er schon wieder seine Mittagspause für die zwei opfern musste.

So, und jetzt ab nach Hause. Klara war schon müde, der Aufenthalt im Spital, das viele Herumliegen und die Sorgen hatten sie ein wenig geschwächt. Sie hoffte, dass sie bald wieder in den Sportklub konnte, um langsam wieder Kraft aufzubauen. Wer rastet, der rostet und rosten wollten Klara und Lotte noch lange nicht. Lotte hatte ihre Liste, Klara ihren Ben, für beides galt es, lange fit zu bleiben.

Lotte war noch nie bei Klara zu Hause. Es war sehr gemütlich hier. Überall hingen Erinnerungen aus aller Welt. Klara hatte ein gutes Händchen für Inneneinrichtung. Modernes und Antikes fügte sich hier im perfekten Mix zusammen. Lotte war überrascht, sie hatte sich Klaras Wohnung ganz anders vorgestellt.

Sie richteten eine kalte Platte, schnipselten Gemüse und machten aus ein paar Äpfeln ein Kompott für die Nachspeise. Das frische Brot roch herrlich nach Rosmarin. Sie hatten extra etwas Ausgefallenes für Tom ausgesucht.

Als sie gerade fertig waren, klingelte es an der Tür, sie hörten Ben schon vergnügt quietschen.

Das Hallo war groß. Ben überschlug sich fast vor Freude und Tom umarmte beide Damen herzlich.

Klara konnte gar nicht aufhören, sich zu bedanken, und Tom freute sich über das Geschenk. Das wäre aber ganz sicher nicht nötig gewesen. Wann immer wieder Not am Mann wäre, er würde es lieben, Ben wieder bei sich aufzunehmen. Die beiden waren ein gutes Team und der Abschied fiel ihnen sichtlich schwer.

Tom hatte nie viel Zeit, seine Pause war wie immer zu kurz, er musste wieder in den Laden. Er arbeitete viel und hart an seinem Erfolg. Sogar abends stand er oft in der Bäckerei und hielt Workshops für Backfreudige ab.

Umso mehr hatte er sich darüber gefreut, einen Gutschein für einen netten Abend mit Miki geschenkt zu bekommen. Ausgehen war für sie Luxus, denn sie sparten auf ihr großes Ziel und legten jeden Cent weg. Sie wollten heiraten und dann gemeinsam Australien und Neuseeland bereisen, als Hochzeitsreise sozusagen. Es war ihnen noch nicht klar, wie das gelingen sollte, denn man konnte ja den Laden nicht einfach für vier Wochen zusperren, aber sie waren sicher, es würde sich eine Lösung finden.

Dass die beiden planten, Lotte auf ihre Reise mitzunehmen und bei ihrer Tochter abzugeben, wusste diese noch nicht. Tom und Miki waren sich sicher, dass sie in ihrer Obhut mit der dummen Flugangst fertigwerden würde.

23

An diesem Abend hatte Miki wieder einen Auftritt im Jazzklub.

Lotte wollte ihn überraschen. Als sie das Heim verließ, lief sie Julia über den Weg, die gerade Dienstschluss hatte.

Julia pfiff anerkennend. „Wow, Lotte, wohin bist du denn jetzt noch unterwegs?" Lotte erzählte ihr von Mikis Auftritt und fragte sie, ob sie denn nicht spontan mitkommen wolle.

Julia überlegte nicht lange, sie hatte ohnehin nichts vor.

Doppeltes Glück für Lotte, denn Julia hatte ein kleines Auto und so musste sie nicht mit der Straßenbahn fahren. Sie hatte diesen kleinen giftgrünen Flitzer schon oft vor dem Heim parken sehen, so war eigentlich klar, dass er nur Julia gehören konnte.

Beim Fahren fiel Lottes Blick auf Julias Arm. Dieses Tattoo war Lotte an Julia noch nie aufgefallen. Wahrscheinlich musste sie es in der Arbeit bedecken.

Es war ein kleiner Baum, dessen Wurzeln ein Herz bildeten und in dessen Krone sich viele Vögel tummelten. Es war nur schwarz, nicht so bunt, wie Julia sonst war.

Julia bemerkte Lottes Blick. „Gefällt es dir?" – „Ich bin erstaunt, dass es so wenig schrill ist", sagte Lotte belustigt. „Ich habe auch ernste Seiten", entgegnete Julia. „Es bedeutet mir viel, denn es steht für meine Familie."

„Julia, kannst du dir vorstellen, dass ich auf meiner alten Haut auch noch so ein Zeichen für meine Familie setzen könnte?" Julia war baff. „Na klar, Lotte! Was hat denn das mit dem Alter zu tun? Wenn du willst, helfe ich dir gerne dabei. Ich kenne einen absolut guten Laden."

Lotte wusste nicht genau, ob sie den Mut dafür aufbringen würde, und sie fühlte sich ein wenig kindisch, dass sie in ihrem Alter überhaupt auf so eine Idee kam und auch noch jemandem davon erzählte. Julia schien es aber für die normalste Sache der Welt zu halten.

Lotte war wohlig zumute, im Moment bekam sie von allen Seiten Schützenhilfe. Von Miki und Tom für ihre Liste, von Klara für ihre Flugangst und von Julia für ihr Tattoo und für Hilfe bei der Liste noch dazu. Alles lief plötzlich wie am Schnürchen.

Sie bogen in die Gasse mit dem Jazzcafé ein und suchten einen Parkplatz, Julia kannte sich gut aus in der Stadt. Das Thema Tattoo war erst einmal vom Tisch.

Diesmal war Lotte so spät dran, dass der komplette Aufbau schon fertig war.

Miki saß mit Tom an der Bar und sie unterhielten sich angeregt. Lotte kam nun vor, dass man schon von der Ferne sah, dass die zwei ein Paar waren, wie konnte sie das nur nicht erkannt haben. „Hallo ihr zwei", überrumpelte sie die beiden von hinten. Die Freude war ihnen anzusehen und sie war ehrlich. „Schaut mal, ich habe euch wen mitgebracht. Das ist Julia, meine persönliche Heimbetreuung und Seelenverwandte." Sie hatte Miki schon einmal von ihr erzählt, als sie Farbe bekennen musste, warum ihre Liste in manchen Dingen schon so perfekt war.

Die Jungs begrüßten sie herzlich und bestellten für Lotte und Julia je ein Glas Prosecco zur Einstimmung. Julia protestierte leise, denn schließlich wollte sie Lotte auch wieder sicher nach Hause bringen. Sie unterhielten sich noch angeregt über dies und das, ehe Miki sich für seinen Auftritt bereit machte. Julia fühlte sich so wohl, als wären sie alte Freunde. Sie war aber auch liebenswürdig und unkompliziert. Lotte wusste, dass sie zu Miki und Tom passen würde. Hoffentlich machte sie sich keine Hoffnungen auf einen der feschen jungen Männer. Aber Julia hatte gleich erkannt, dass die zwei mehr als Freunde waren, und sie war ja im Moment nicht einmal auf eine Beziehung aus. Sie hatte die Nase voll von Männern.

Mikis Konzert begann und er spielte mitreißend schön. Auch Julia war begeistert. Er war wirklich ein unglaublicher Könner auf seiner Gitarre.

In der Pause gesellte er sich wieder zu ihnen, er interessierte sich für Julias Job bei den Alten. Man merkte gleich, dass es für Julia eine Berufung und kein Beruf war. Ja, so musste das sein. Sie hatte Respekt und Ehrfurcht vor dem Alter und war unglaublich wissbegierig. Man konnte viel lernen von Menschen mit so viel Lebenserfahrung. Man musste nur hinter die

Kulissen blicken und sich ein wenig Zeit nehmen. Was zugegebenermaßen nicht immer einfach war, denn Zeit war Geld. Das sahen ihre Chefs halt manchmal etwas anders als sie.

Tom erzählte von seinem Erfolg mit der Bäckerei und Miki von seinem Studium. Vor Julia machten sie keinen Hehl aus ihrer Partnerschaft und zum ersten Mal blieb Lotte die Spucke weg. Die beiden wollten heiraten und das noch heuer! Lotte war nicht doof, aber sie wusste gar nicht, dass das möglich war. Sie sparten jeden Cent dafür und auch für die geplante Hochzeitsreise. Hochzeitsreise? Lotte war neugierig geworden. Doch da blieben Miki und Tom plötzlich ganz bedeckt, sie wollten partout nichts verraten.

Die Pause war vorbei und Tom spielte noch ein paar Lieder, die Leute klatschten begeistert. Der Abend war perfekt. Julia bedankte sich dreimal bei Lotte. Zu Hause hätte sie jetzt sicher nur Trübsal geblasen nach der Trennung von ihrem Freund. Sie konnte das Alleinsein im Moment nur schwer ertragen. Diese Abwechslung war ihr mehr als willkommen. Lotte wusste eigentlich so gut wie nichts Privates von Julia, aber sie spürte in den letzten Wochen eine gewisse Traurigkeit bei ihr.

Julia hatte auch Pläne für ein gemeinsames Leben mit ihrem Liebsten gehabt, mit Hochzeit, Kindern, einem kleinen Haus. Ganz bieder für die vermeintlich so schrille Julia. Aber dann hatte das Leben die Weichen anders gestellt. Ganz überraschend zog ihr Freund aus, ohne viele Worte, er hatte wohl noch nicht den Mut für eine eigene Familie. Umso mehr gefielen ihr die Pläne von Miki und Tom. Die standen zueinander, auch wenn es ungleich schwieriger war für die beiden.

Julia brachte Lotte wieder nach Hause. „Danke, Lotte, für diesen wunderschönen Abend." Es war wieder einmal ein Beweis für Julia, dass die Alten voller Überraschungen steckten. „Morgen habe ich frei, Lotte, ich wünsch dir eine gut Nacht! Bis bald", dann küssten sie sich auf beide Wangen und Lotte war sich sicher, hier eine neue Freundin gefunden zu haben.

24

Als Ludwig Hagen an diesem Mittag zum Briefkasten ging, wehte ihm ein zaghafter Duft von Lavendel entgegen. Lavendel um diese Jahreszeit? Als er die Post herausnahm, sah er den Brief und der Geruch verstärkte sich in seiner Nase. Er drehte ihn um, „Lotte Kalner", las er. Er kannte keine Lotte Kalner. Die Schrift war auch schon eher einem gewissen Alter zuzuschreiben.

Es war selten, dass er überhaupt persönliche Post bekam. Mehr als irgendwelche Rechnungen fand sich selten in seinem Briefkasten. Er war neugierig geworden.

Ludwig legte die übrige Post, einen Stapel Zeitschriften und Werbungen, auf den Küchentisch, holte sich ein Messer und öffnete den Brief der Unbekannten. Dann machte er es sich in seinem Ohrensessel im Wohnzimmer gemütlich und begann zu lesen.

Lieber Herr Hagen!

Mein Name ist Lotte Kalner, Sie kennen mich nicht. Ich bin sechsundsiebzig und darum darf ich mir auch herausnehmen, Ihnen heute mit diesem Brief die Leviten zu lesen!
Es liegt mir etwas so sehr am Herzen, dass ich Ihnen schreiben muss, und das ist Ihr Sohn Michael.
Wir haben uns erst vor Kurzem kennengelernt und Sie wissen es ja sicher selbst, er ist ein großartiger junger Mann. Ich habe

selten einen so sensiblen und liebenswerten Menschen wie Ihren Sohn getroffen. Klug, lebenslustig und großherzig.

Leider ist er auch ein sehr verletzbarer junger Mensch, Sie wissen ja, warum.

Ich möchte an Ihr Alter und Ihre Vernunft appellieren, den ersten Schritt in Richtung Versöhnung zu tun. Vielmehr als Sie ihm den Vater nehmen, nehmen Sie sich selbst diesen wunderbaren Sohn. Ich bitte Sie, über Ihren Schatten zu springen und ihm und damit auch seinem Freund in Ihr Herz Einlass zu gewähren.

Meine Tochter lebt mit ihrer Familie in Australien und ich würde sehr viel dafür geben, sie in meiner Nähe zu haben. Werfen Sie also nicht weg, was für Sie so greifbar ist. Michael hat das Herz am rechten Fleck und Sie sollten das am besten wissen. Alles andere ist unwichtig, denken Sie gar nicht mal daran, was andere Leute sagen könnten. Wer, wenn nicht Sie selbst, sollte ihm denn den Rücken stärken?

Seien Sie mir nicht böse, dass ich Ihnen schreibe, aber ich kann nicht anders. Das bin ich Ihrem Sohn schuldig, für alle Liebenswürdigkeiten, die er mir in den letzten Monaten zuteilwerden ließ. Er gab meinem Leben eine so schöne Wende und das könnte er auch mit Ihrem machen.

Verlieren Sie nicht noch mehr Zeit!

Ich wünsche Ihnen die Kraft und die Klugheit, das Richtige zu tun. Ihr Sohn sehnt sich nach Ihnen!

Mit lieben Grüßen
eine alte Dame, die es sehr gut mit Ihnen meint
Lotte Kalner

PS: Sollten Sie Ihren Sohn wirklich kontaktieren, ist es nicht nötig, ihm von diesem Brief zu erzählen.

PPS: Sollten Sie nicht der Herr Hagen sein, für den ich Sie halte, zerreißen Sie diesen Brief ganz einfach.

Als Ludwig mit dem Lesen fertig war, lief ihm eine Träne über die Wange. Der Brief war bei ihm goldrichtig.

Wie oft hatte er schon einen Anlauf genommen und wollte Miki anrufen. Er hatte sich nie getraut, zu viel hatte er dem Jungen angetan. Er hoffte längst nicht mehr auf Vergebung. Er hatte es noch nie aus Mikis Sicht gesehen. Dieser Brief öffnete ihm die Augen. Miki hatte Sehnsucht nach ihm! Was für ein wunderbarer Mensch sein Sohn doch war, eigentlich müsste er seinen Vater hassen. Er hatte das in den letzten Jahren mehr als erkannt, aber er wusste nicht, wie er den ersten Schritt machen sollte. Michael fehlte ihm mehr als alles andere.

Ob er diese Frau Kalner kontaktieren sollte? Wer sie wohl war? Wie verblendet kann man nur sein? Nein, diesen Weg müsste er alleine gehen.

Die Offenbarung Michaels war damals einfach nur befremdlich für ihn, wahrscheinlich zu Anfang sogar abstoßend. Es gab Streit und schlimme Worte fielen. Er wollte ihm Zeit lassen, glaubte, alles würde sich wieder geben. Plötzlich verstanden sich Vater und Sohn nicht mehr. Er hatte keinen Zugang mehr zu ihm. Wahrscheinlich wäre er punkto Sexualität so und so überfordert gewesen, aber mit dem Thema Homosexualität war er es in jedem Fall. Er wünschte sich ja nur das Beste für seinen Sohn.

Zuerst waren da Wut und Enttäuschung, dann ein Gefühl der ohnmächtigen Trauer. Sie konnten sich nicht einmal mehr in die Augen schauen.

Aus heutiger Sicht verstand sich Ludwig selbst nicht mehr. Michael war doch immer alles für ihn gewesen. Warum konnte er ihm damals keine Stütze sein? Er war verbohrt, ja fast gekränkt und irgendwann hat Michael es nicht mehr ausgehalten und bei seinen Großeltern Zuflucht gesucht. Anfängliche Vermittlungsversuche wurden seltener und sie fügten sich der Situation. Es war keine Erleichterung, aber es war einfacher so. Ludwig war sich sicher, Michael würde irgendwann zurückkommen, vielleicht sogar geläutert und um Verzeihung bittend. Mit den Jahren wurde ihm klar, dass das nicht geschehen würde. Seine Sehnsucht wurde größer und größer, seine Sturheit wuchs proportional dazu. Ein Schritt vorwärts, zwei zurück.

Es war ihm längst nicht mehr wichtig, was die anderen dachten, er traute sich schlicht und einfach nicht, den ersten Schritt zu machen. Er vergrub sich in seine Arbeit und ergab sich seinem Schicksal. Er las anfangs viel über dieses Thema und sein Verständnis wuchs. Er war schon lange bereit, Michael wieder in sein Leben zu lassen.

Mit Mann und Kind und Kegel und wem auch immer. Es war ihm ganz egal. Nur wie?

Hier hatte er jetzt seine Chance. Irgendein wunderbarer Mensch meinte es gut mit ihnen beiden. Die Gewissheit, dass Michael ihn nicht hasste, erleichterte ihm seine Entscheidung. Lotte hatte Michaels Adresse und seine Telefonnummer dazugeschrieben.

Er musste jetzt nur noch allen Mut zusammennehmen und das Richtige tun. Er wollte ihn auf jeden Fall persönlich treffen, sich entschuldigen, ihn in die Arme nehmen, wiegen und nie wieder loslassen. Die Zeit ließ sich nicht zurückdrehen und mit einem Mal war er wild entschlossen, keine Sekunde mehr zu verlieren. Er hatte sich diese Woche freigenommen, um ein paar Dinge zu erledigen, nicht im Kühnsten hätte er daran gedacht, dass eine Versöhnung mit Michael dazuzählen würde.

25

„Hi Lotte!" Es war zehn Uhr morgens und Julia steckte den Kopf zur Tür herein. „Wie geht's?" Sie küssten sich wieder wie zwei alte Freundinnen. „Ich hab dir was mitgebracht, Lotte." Lotte war neugierig. „Schau mal." Sie nahm einen Zettel aus ihrer Hosentasche, auf dem sie einen Entwurf für Lottes Tattoo hatte. „Hast du noch Lust?"

Es war winzig klein, ein offenes Herz, das in die verschlungenen Initialen LAW überging und in einer Herzstromlinie endete. Lotte war überwältigt, so schön war es.

Als sie sich wieder gefasst hatte, wollte Lotte wissen, wo Julia das so schnell herhatte. „Hab ich selbst entworfen, schön, gell?" Ja, es war einzigartig und sollte auf der Innenseite ihres linken Armes knapp über dem Handgelenk angebracht werden. Jeder könnte es dann sehen. Klein und unaufdringlich, aber es würde da sein. Auf ihrer Herzseite und für immer. Lotte verließ der Mut. „Ich lasse es dir einfach da, denk in Ruhe darüber nach." Lotte konnte gar nicht aufhören, es anzustarren, und insgeheim war sie sich schon ganz sicher, dass sie es haben wollte. Lisa würde wahrscheinlich in Ohnmacht fallen.

Apropos Lisa, sie hatte schon tagelang nichts von sich hören lassen. Über ihr aufregendes neues Leben hatte sie fast vergessen, mit ihrer Tochter zu skypen. Sie hatte ihr so viel zu erzählen. Bis jetzt war sie ja eher zurückhaltend mit ihren Neuigkeiten, aber langsam wurde es Zeit, Lisa an ihrem Glück teilhaben zu lassen. Gleich an diesem Abend wollte sie es versuchen, mit ihrer neuen Liste. Ihr Vorhaben mit dem Tattoo würde sie aber ganz sicher nicht erwähnen.

Lotte war schon spät dran, sie wollte zum Sport und wenn sie sich nicht beeilte, würde sie Klara verpassen. Die wollte an diesem Tag zum ersten Mal nach ihrem Spitalsaufenthalt wieder in den Klub kommen.

Lotte zog sich rasch an, nahm ihre Tasche, die ohnedies immer griffbereit war, und huschte hinaus.

Klara war zum Glück noch da. Sie tratschte noch und erzählte allen von ihren Untersuchungsergebnissen. Sie war gelöst und glücklich wie lange nicht mehr. „Hallo Lotte! Schön, dass ich dich auch noch treffe." Ben kam aus der Ecke und begrüßte sie ebenfalls herzlich. „Hast du morgen Lust, auf einen Kaffee zu mir zu kommen? Ich möchte dir gerne jemanden vorstellen, wegen des Fliegens, du weißt schon. Außerdem möchte ich dir meine Australienfotos zeigen." Lotte wusste zwar nicht genau, was Klara sich da ausgedacht hatte, aber sie nahm in dieser Sache liebend gerne jede Hilfe an.

Nachdem sie eine Uhrzeit vereinbart hatten, machte Klara sich auf den Weg und Lotte begab sich in den Zirkel. Sie war aber nicht richtig bei der Sache. Zu viel ging ihr durch den Kopf. Miki und sein Vater, Tom, Klara und Julia. Sie hatte so viel zu erzählen. Hoffentlich hatte Lisa Zeit. Dass sie vielleicht am nächsten Tag schon Unterstützung wegen ihrer

Flugangst bekommen würde, wollte sie Lisa noch nicht erzählen. Sie wollte ihr und vor allem sich selbst keine falschen Hoffnungen machen.

Als sie im Klub fertig war, besorgte sie noch ein wenig Obst und machte sich dann auf ins Heim. Sie wollte nicht schon wieder beim Essen fehlen. Hans war am Vormittag mit seinem Sohn bei der Schuldnerberatung und er hatte ihnen sicher viel zu erzählen.

Als sie ins Heim kam, winkte sie der Portier zu sich, er hatte eine Nachricht für sie. Er übergab ihr einen zusammengelegten A4-Zettel, auf dem ihr Name geschrieben stand, und meinte, ein Herr habe das vorher für sie abgegeben. Lotte nahm den Zettel an sich und ging auf ihr Zimmer. Sie warf die Tasche entgegen ihren Gewohnheiten ins Eck, setzte sich und faltete das Stück Papier auseinander.

Liebe Frau Kalner, schade, dass ich Sie heute nicht angetroffen habe. Ich hätte gerne mit Ihnen über meinen Sohn Michael geplaudert. Ich danke Ihnen vielmals für Ihren Brief. Sie haben mir sehr geholfen.

Mit lieben Grüßen, in tiefer Verbundenheit
Ludwig Hagen

Lotte traute ihren Augen nicht und es tat ihr leid, dass sie nicht im Heim geblieben war. Zu gerne hätte sie Mikis Vater kennengelernt. Seinen Zeilen glaubte sie aber zu entnehmen, dass alles gut werden würde. Lotte war sehr zufrieden mit sich und der Welt. Alles konnte so einfach sein, wenn sich die Menschen nicht immer selbst im Weg standen. Sie fühlte sich mit einem Mal so beschwingt, so stark und zuversichtlich, dass sie die ganze Welt aus den Angeln hätte heben können. In diesem Augenblick war sie ganz fest davon überzeugt, dass auch für sie bald alles gut werden würde. Sie würde Lisa, Jim und die Kinder endlich besuchen.

Sie duschte schnell und machte sich fertig zum Mittagessen. An diesem Tag wurde ihr ständig die Zeit zu knapp.

Als sie in den Speisesaal kam, war Hans noch gar nicht da. Hilde machte sich schon Sorgen.

„Ach, du weißt doch, wie das auf den Ämtern ist, das kann schon mal dauern", beruhigte Lotte sie. „Was soll denn schon groß passiert sein?" Aber Hilde hatte recht, Hans ließ nie ein Essen aus. Als sie schon mit der Suppe fertig waren, kam er endlich. Er hatte noch einen hochroten Kopf, so abgekämpft war er.

„Wie war's?", fragten sie und Hilde wie aus einem Mund und ließen den Armen gar nicht erst Luft holen.

Hans war zuversichtlich, man hatte seinem Junior dort eine echte Perspektive aufgezeigt. Wenn er sich an diese Vorgaben hielt, konnte wahrscheinlich das Schlimmste abgewendet werden. Hilde und Lotte waren erleichtert, denn Hans wirkte wirklich gelöster. Er war glücklich, dass seinem Sohn in der Krise die Meinung seines alten Vaters wichtig war. Offenbar war Hans junior doch nicht so ein Hallodri, wie Lotte immer dachte.

Lotte war fest davon überzeugt, dass im Dunstkreise ihrer positiven Aura rund um sie alles gut würde.

Am Abend versuchte sie, Lisa anzuwählen. Sie war sich nicht sicher, ob ihr die neue Liste diesbezüglich schon gehorchen würde. Julia hatte keinen Nachtdienst, sie war also auf sich allein gestellt. Sie holte ihre Liste unter der Unterwäsche hervor. Ihr Spickzettel lag gleich daneben.

Sie befolgte Julias Anweisungen und siehe da, es läutete. „Bitte, Lisa, sei zu Hause!"

„Hallo Mami, schön dich zu sehen. Du hast ja lange nichts von dir hören lassen, ich habe mir schon Sorgen gemacht um dich. Geht es dir gut?" Lisas Redeschwall war fast nicht beizukommen. „Jaja, Lisa, ich hatte nur wenig Zeit, es ist viel passiert." – „Was ist denn passiert, Mami?"

„Ach, Lisa, mein Leben gerät gerade aus den Fugen, ich muss dir ja so viel erzählen." Und dann legte Lotte los, sie erzählte von den letzten Wochen mit Miki, Tom, Klara und Ben, von der Oper, von Mikis Auftritten im Jazzcafé, von ihrer Draisinenfahrt, von ihrem Jugendfreund Theo und von Hans und Hilde. Es ging wild durcheinander und Lisa glaubte schon fast, ihre Mom wäre übergeschnappt. „Ach, Lisa, ich bin so glücklich, mein Leben hat wieder Schwung. Mein Glück wäre fast perfekt, wenn ich nur dich und die Kinder noch ganz fest drücken könnte." Auch Lisa wünschte sich nichts sehnlicher. „Du wirst sehen, Mamschi, wir schaffen das. Jim und ich legen jeden Dollar zur Seite.

Vielleicht geht sich nächstes Jahr ein Flug aus für uns vier.

Mami, passt du auch gut genug auf dich auf? Wollen diese Burschen Geld von dir?" – „Aber nein, Lisa, alles gut, du müsstest sie kennenlernen. Sie sind die Liebenswürdigkeit in Person."

Es knackte in der Leitung, Lisas Gesicht war am Bildschirm eingefroren. Mit einem lallenden Geräusch ging ihr Gespräch zu Ende. Ach, wie schade, gerade jetzt. Lotte war enttäuscht. Sie hatte diesmal eine so tiefe Verbundenheit wie schon lange nicht verspürt. Lisa hatte nicht geschimpft mit ihr, sie fühlte wohl, wie gut es ihrer Mutter im Moment ging.

Lotte war zufrieden und ausgeglichen mit sich und der Welt. Sie putzte sich noch schnell die Zähne, legte sich nieder und schlief ganz rasch ein. Diesmal hatte sie keinen Albtraum vom Fliegen.

26

Ludwig Hagen machte sich gleich nach dem Versuch, Lotte zu treffen, auf den Weg zu Miki. Er hatte jetzt einfach keine Zeit mehr verlieren. Kurz hatte er kalte Füße bekommen und wollte Lotte doch bitten, ihn dabei zu unterstützen. Aber er musste das jetzt ganz alleine wiedergutmachen. Er war aufgeregt wie selten in seinem Leben. Würde Michael ihm wirklich verzeihen können?

Ludwig wusste längst nicht mehr, wie er es so weit hatte kommen lassen können. Er liebte seinen Sohn über alles und sich auch nur in irgendeiner Phase seines Lebens für ihn zu schämen, war dumm. Er hatte es unzählige Male bitter bereut, aber eine Mischung aus Engstirnigkeit und falschem Stolz verhinderte immer wieder eine Gutmachung. Später kam die Angst vor der Zurückweisung seines Sohnes hinzu.

Als Lottes Brief kam, keimte wieder Hoffnung in ihm auf, dass es doch noch eine gemeinsame Zukunft für ihn und Michael geben könnte. Die Jahre der Einsamkeit hatten ihn zu einem verbitterten Menschen gemacht. Ludwig war nicht alt, aber er hatte längst keine richtige Freude mehr am Leben. In einem Jahr würde er in Pension gehen und ihm graute schon jetzt davor.

Als er sich vor der Adresse einparkte, die Lotte in ihrem Brief notiert hatte, verließ ihn kurz der Mut. Er saß hinter seinem Lenkrad, atmete stoßweiße und heftig ein und aus und schloss die Augen. Was, wenn Lotte sich doch geirrt hatte, was, wenn er Michael so sehr verletzt hatte, dass er ihm gleich wieder die Tür weisen würde? Egal, er musste es jetzt wissen, es gab kein Zurück mehr. Er stieg aus und näherte sich langsam dem Haustor. Seine Beine trugen ihn fast nicht, sie waren bleischwer, seine Hände schweißnass. „Hagen/Brunn" las er auf dem Türschild. Es dauerte eine gefühlte Ewigkeit, ehe er sich klingeln traute. „Hagen, ja bitte?" Er brachte kein Wort heraus. „Ja bitte? Hallo?"

„Hier ist dein Vater, Michael", stammelte er kaum verständlich, es summte und die Tür ging auf.

Er nahm die Stufen, immer zwei auf einmal, und dann stand er vor Michael. Sein Sohn war erwachsen geworden, er hatte glänzende Augen und einen fragenden Ausdruck im Gesicht. Er sagte nichts.

Ludwig zögerte einen Augenblick, dann ging er auf ihn zu und umarmte ihn, als würde er ihn nie wieder im Leben loslassen wollen, und Michael ließ es geschehen. Vater und Sohn lagen sich in den Armen und weinten. Es waren wohl die längsten Minuten ihrer beiden Leben, bis sie sich wieder voneinander lösten und Michael seinen Vater hereinbat.

Ludwig bat Michael schlicht und einfach um Vergebung, wie lange hatte er sich nach diesem Moment gesehnt. Es gebe keine Entschuldigung für sein Verhalten und schon gar keine Erklärung für die vergeudeten Jahre und wenn er ihn nur wieder in sein Leben lassen wolle, dann wäre das das Schönste für ihn. „Ich verstehe mich heute selbst nicht mehr. Ich weiß nicht, wie ich dir das antun konnte. Deine Mutter hätte sich zutiefst geschämt. Aber für mich, niemals für dich! Es ist mir ganz egal, wen du liebst, Hauptsache, du bist glücklich. Geht es dir gut?"

Dann fing Miki an, von seinem Leben zu erzählen.

Er ließ nichts aus. Von seiner tiefen Enttäuschung, davon, wie ihn die Großeltern aufgefangen hatten, von seinen schulischen Erfolgen, die er zweifelsohne auch deshalb hatte, um sich von der Welt rund um sich abzulenken, und von seinem Studium, das er im Eiltempo abgeschlossen hatte. Auch von der Doktorarbeit, die er bis zum Sommer fertig haben wollte.

Von seiner Musik und nicht zuletzt von seiner großen Liebe Tom. Ludwig sog alles in sich auf. Er spürte, wie sich Wärme und Liebe in gleichem Maße in ihm ausbreiteten. Wie konnte er nur diesen wunderbaren Menschen verstoßen haben? Er war so liebenswert, so feinsinnig und gewinnend. Ein wunderbarer Sohn. Er verstand sich und seine Haltung ja schon seit Jahren nicht mehr. Aber jetzt, wo er Michael gegenübersaß, war er sich ganz sicher, dass er sein Leben mit ihm teilen wollte und auch das seine ohne Vorbehalte verstehen konnte. Mit allem, was dazugehörte.

Michael stand auf und holte ein Foto von der Anrichte. Als Ludwig aufblickte, sah er dort ein paar Familienfotos und auch ein Foto von sich. Das rührte und verstörte ihn. Michael hatte ihn über all die Zeit im Herzen behalten! Er hatte das gar nicht verdient.

Das Bild, das er jetzt an den Tisch brachte, zeigte

Michael mit einem hochaufgeschossenen jungen Mann an seiner Seite, der ihn zärtlich anlächelte. Ludwig spürte kein Befremden. Mit jedem Schritt, den er auf Michael zutat, wurde er sicherer. „Das ist Tom, Paps, meine große Liebe." Paps! Das erste Mal seit einer Ewigkeit, dass er ihn wieder so nannte. Wie schön sich das anhörte.

Dann betrachtete er das Bild eingehend und lange und Michael war ein wenig mulmig zumute dabei. Wenn er ihn jetzt nicht so akzeptierte, wie er nun einmal war, konnte er gleich wieder gehen. Ludwig hatte erneut Tränen in den Augen, aber diesmal Tränen des Glücks. „Ich freue mich von Herzen für dich, mein Sohn, hoffentlich kann ich Tom bald kennenlernen." – „Du musst dir sicher sein, Paps, denn wir wollen uns unser Glück durch nichts und niemanden zerstören lassen."

Er erzählte von ihren Hochzeitsplänen und den Plänen, ein Kind zu adoptieren. Jetzt war Ludwig baff. Er grinste übers ganze Gesicht. Ein Enkelkind! Sie würden wieder eine richtige Familie werden, ja, er war sich ganz sicher. Seine Aufgabe als Opa würde er dann ganz ernst nehmen. „Ich danke dir, Michael, und ich hoffe, du kannst mir wieder vertrauen, ich werde dich nie wieder enttäuschen, das verspreche ich dir hoch und heilig."

Eigentlich hatte sich Miki noch gar keine Gedanken gemacht, wie es zu dem plötzlichen Sinneswandel seines Vaters gekommen war. Warum gerade jetzt und wo hatte er eigentlich seine Adresse her?

„Warst du bei Opa?" Ludwig verneinte. Miki wusste, dass die beiden Männer seit damals nur mehr das Nötigste miteinander sprachen. Die Großeltern hatten ihm den Verstoß nie verziehen. Sie hatten ihn schlicht und einfach nicht verstanden. Ihren eigenen Sohn nicht wiedererkannt.

„Von wo hast du dann meine Adresse, Paps?" Das Paps ging Ludwig runter wie Öl.

„Ach, weißt du, es gibt da jemanden, der es sehr gut mit uns meint, und ich bin unendlich dankbar dafür. Vielleicht erzähle ich es dir ein anderes Mal." In diesem Augenblick wäre Miki nie und nimmer auf Lotte gekommen und Ludwig wusste nicht genau, ob es Lotte recht gewesen wäre, sie zu erwähnen. Es war im Augenblick auch nicht so wichtig. Wichtig war, dass alles gut werden würde, das hatte er sich schließlich so sehr gewünscht.

Es waren Stunden vergangen, als Ludwig aufbrach. Tom war noch nicht nach Hause gekommen, vielleicht auch gut so fürs Erste.

Sie umarmten sich noch einmal ein wenig unbeholfen, Ludwig gab ihm seine Telefonnummer und sie vereinbarten ein Treffen für nächsten Sonntag. Miki wollte unbedingt, dass er Tom kennenlernte. Erst dann würde sich alles richtig anfühlen für ihn. Er würde im Leben nicht mehr auf Tom verzichten.

Kaum dass Ludwig weg war, glitt Miki an der geschlossenen Eingangstür herunter und setzte sich auf den Boden. Er vergrub sein Gesicht in den Händen. In seinem Kopf explodierte ein Feuerwerk der Gefühle. Glück, Verwunderung und Verzweiflung schaukelten sich gegenseitig auf, allen voran aber auch Zorn. Ein scharfer Schmerz von Wut und Angst durchzuckte ihn.

Sein mühsam aufgebautes Kartenhaus fiel in sich zusammen. Jetzt, wo Ludwig weg war, konnte Miki sich plötzlich selbst nicht verstehen. Hatte er es seinem Vater zu leicht gemacht? Hatte er die Tür vielleicht zu schnell, zu weit aufgeschlagen? Verletzung und Kränkung konnten sich nun jederzeit wieder mit voller Macht einen Weg zu seinem Herzen bahnen. Sein Seelenheil, das er gemeinsam mit Tom so mühsam ins Lot gebracht hatte, schien ihm mit einem Mal in höchster Gefahr. Mikis Gefühle fuhren Achterbahn. Er atmete tief durch und ermahnte sich selbst, nicht so zu übertreiben. Doch die vielen Jahre der Trostlosigkeit saßen tief in ihm fest. Er hatte doch allen Grund dazu, misstrauisch zu sein. Ludwig wirkte so ehrlich bemüht und er war wieder einmal der gut erzogene Junge gewesen, der sich ganz artig verhalten hatte. Wie eine auf Höflichkeit programmierte Maschine hatte er agiert. Mist. Er hatte ihm all seine Pläne vorbehaltlos anvertraut und nun war er sich gar nicht mehr so sicher, ob das richtig war. Aber es hatte sich so gut angefühlt. In diesen Stunden waren sie wieder die alten Vertrauten. Vater und Sohn.

Er sollte Ludwig wohl eine Chance geben. Warum quälte ihn dann dieses Gefühlschaos? Er war müde. Miki rappelte sich hoch und versuchte, seine Gedanken zu ordnen. Es war die Angst vor einer erneuten

Missachtung, die ihn mit einem Mal so mutlos machte. Aber alles in ihm schrie nach dieser Versöhnung. Er musste es einfach riskieren, er hatte sich doch so lange danach gesehnt. Trotzdem gelang es ihm nicht ganz, seine Zweifel beiseitezuschieben. Er wollte nicht noch einmal in ein tiefes Loch fallen. Was würde Tom wohl dazu sagen?

27

Am nächsten Morgen schlief Lotte lange. Die letzte Zeit war schön, aber Lotte hatte auch irgendwie das Gefühl, ständig auf der Überholspur unterwegs zu sein. Sie wollte den Tag etwas ruhiger angehen lassen. Der Nachmittag bei Klara würde sowieso wieder aufregend genug werden. Sie war gespannt, wen Klara ihr vorstellen wollte.

Dass Klara eine so begeisterte Vielfliegerin war, überraschte sie ein wenig. Sie hätte eher gedacht, dass sie und ihr Mann sehr häuslich waren. Ja, stille Wasser sind tief. Aber der Besuch vor einigen Tagen bei Klara hatte ihr ja schon gezeigt, dass die beiden keine Kinder von Traurigkeit waren. Davon zeugten die vielen Erinnerungsstücke aus aller Herren Länder.

Nach dem Mittagessen machte sich Lotte auf den Weg. Sie wollte noch Blumen für Klara und einen Kauknochen für Ben besorgen. Klara würde schimpfen, aber sie mochte es nun mal gerne, wenn man sich für Gastfreundschaft erkenntlich zeigte.

Lotte entschied sich für einen bunten Strauß Rosen. Sie liebte diese Blumen. Geduld bringt Rosen. Das schien ihr im Augenblick sehr passend.

Als sie Klaras Wohnung erreichte, war es fünf Minuten vor drei. Sie klingelte und Klara fiel ihr gleich um den Hals. „Hallo Lotte, schön, dass du da bist, aber das wäre doch nicht nötig gewesen!" Sie nahm die Rosen in Empfang.

Ben war weniger zimperlich, der Kauknochen schien ihm sehr willkommen. Frauchen war immer ein wenig streng in solchen Dingen. Ausnahmsweise gönnte Klara ihm aber sein Glück.

Lotte trat ein und nahm Platz, der Kaffeetisch war für drei Personen gedeckt. Sie war schon sehr gespannt.

„Meine Überraschung kommt erst später, magst du einstweilen einen Tee?"

Klara brühte den Tee auf und sie machten es sich vorerst im Wohnzimmer gemütlich.

Sie hatte eine große Leinwand und einen alten Diaprojektor aufgestellt. Man merkte ihr die Vorfreude an, endlich wieder einmal alte Urlaubsbilder anschauen zu können. Sie hatte vor, Lotte Australien so schmackhaft wie nur irgendwie möglich zu machen. Zusätzlich zu dem Zugpferd Lisa. Es waren wunderbare Bilder, Klaras Mann musste ein hervorragender Fotograf gewesen sein. Ein Mix aus Naturlandschaften, Goldakazien, Rotem Eukalyptus, Koalabären und Kängurus, von den Blue Mountains bis hin zur Sydney Opera. Die Oper allein war schon Verlockung genug für Lotte. Bunte Bilder flimmerten über die Leinwand, eine glückliche Klara mit ihrem Mann vor dem Wohnmobil, im Hintergrund die Zwölf Apostel. Atemberaubend schön. Sie war braun gebrannt und schaute blendend aus. Lebensfreude pur.

Lotte war sich sicher, dass die beiden ein glückliches Paar waren. Sie konnte sich gar nicht erinnern, ob von ihr und Georg je ein so strahlendes Foto gemacht wurde. Na ja, zur Hochzeit vielleicht.

Einen so kurzweiligen Überblick mit derart atemberaubenden Bildern hätte Lotte nie und nimmer erwartet. Klara war zur Höchstform aufgelaufen. Es war einfach nur schön, ihr zuzuhören.

Fast zwei Stunden später läutete es an der Tür, Lotte wurde es heiß im Gesicht. Sie wusste zwar nicht, warum, aber sie war plötzlich sehr aufgeregt.

Klara ging zur Tür und öffnete einem hochgewachsenen jungen Mann. „Kommen Sie nur herein, mein Lieber. Vielen Dank, dass Sie sich für mich Zeit genommen haben."

„Lotte, das ist mein lieber Nachbar, Herr Leimer."

Lotte war hinter Klara im Vorzimmer erschienen. Der Nachbar?

„Darf ich Ihnen meine Freundin Frau Kalner vorstellen? Sie ist der Grund, warum ich Sie zu mir gebeten habe." Was hatte Lotte denn mit Klaras Nachbarn zu tun?

Er schüttelte Lotte freundlich die Hand und begrüßte sie herzlich.

„Kaffee und Kuchen?" – „Ja, gerne, ich komme gerade vom Dienst und kann ganz dringend einen Kaffee vertragen." – „Oh, wo waren Sie denn heute?" – „Kurzstrecke", sagte er, „nur in London."

Lotte dämmerte es langsam. Klaras Nachbar war wohl Flugbegleiter oder gar Pilot und sollte ihr das Fliegen schmackhaft machen.

Für Lotte unvorstellbar. Man ging morgens aus dem Haus, flog mal eben in einem Flieger nach London und wieder retour und war nachmittags schon wieder zu Hause. Wie wenn andere mal mit dem Bus oder der U-Bahn schnell zur Arbeit fahren.

Herr Leimer lächelte Lotte beruhigend zu, er hatte ihren Gesichtsausdruck wohl richtig gedeutet. Ja, es war etwas Selbstverständliches für ihn.

„Frau Eisner hat mir von Ihrer Flugangst erzählt und mich gebeten, Ihnen ein wenig vom Fliegen zu erzählen. Ich habe mir gedacht, ich könnte Sie beide einmal zu mir auf den Flughafen einladen. Sie können gerne einmal mit meinen Technikern und Flugbegleitern plaudern und meinen Flieger anschauen. Es gibt dort ein Trainingscenter, wo man die Freude am Fliegen lernen kann. Je mehr man nämlich über den Flug und seine Geräusche weiß, umso weniger Angst muss man davor haben. Es knackt, rumort und pfeift halt oft", lachte er. „Die Triebwerke sind laut, manchmal hört man nur ein feines Summen, hie und da spürt man ein heftiges Absacken." Er sprach so liebevoll, als würde er von seinem Baby erzählen, das die Nacht nicht durchschlafen wollte. „Alles ganz normal, man muss das nur wissen. Dann kann man ganz beruhigt einsteigen und das Fliegen genießen. Ich bin überzeugt, dass wir Ihre Flugangst mit ein paar einfachen Tricks in den Griff bekommen. Sie müssen nur einmal genau verstehen, was da alles vor sich geht." Er gab ihr noch eine Broschüre mit zehn Tipps zum stressfreien Fliegen.

Als hätte Lotte nicht schon tausend dieser Dinge gelesen, aber sie klammerte sich trotzdem an jeden

Strohhalm.

Lotte war die Anspannung, aber auch die Hoffnung auf ein gutes Ende ins Gesicht geschrieben. Allein die Zuversicht, dass alles gut werden könnte, stellte sich noch nicht ein.

Dagegen, dass sie dann keinen festen Boden unter den Füßen hatte, würden alle Tricks der Welt nichts helfen.

Sie war Klara trotzdem unendlich dankbar. Die Vernunft schrie ja. Sie nahm Herrn Leimers Angebot auf jeden Fall dankbar an. Klara würde ja dabei sein und der Flieger würde schließlich nicht abheben. Es konnte also nichts passieren.

Sie vereinbarten einen Termin in zwei Wochen, dann verabschiedete sich der liebe Nachbar. Es sei ihm ein Vergnügen gewesen. Wieder ein galanter junger Mann mit Herz und guten Manieren.

Lotte half Klara noch, den Tisch abzuräumen, und verabschiedete sich dann auch. Sie überschüttete Klara noch mit Dank und drückte sie ganz fest an sich.

Wie lieb doch alle zu ihr waren. Sie schwebte schon jetzt wie auf Wolken.

28

Lotte hatte sich eine Verkühlung eingefangen und musste etwas kürzertreten. Sie blieb ein paar Tage zu Hause und hütete das Bett. Die Zeit vertrieb sie sich mit ihrer Liste.

In den letzten Wochen war viel passiert und sie musste ohnedies ihre Gedanken schlichten. Unglaublich, was ihr alles widerfahren war. Sie fühlte sich ein wenig müde, die Verkühlung machte ihr zu schaffen, aber sie war innerlich so ausgeglichen wie noch nie.

Der Zettel mit Julias Entwurf fiel ihr in die Hände. Sie betrachtete ihn unendlich lange. Ihre Haut war nicht faltig und alt. Lotte war immer schlank und sehr gepflegt gewesen. Vielleicht hatte sie auch einfach nur Glück gehabt, aber man sah ihr das Alter nicht an. Ihr Blick ruhte auf der Innenseite ihres Handgelenkes, dann wieder auf dem Entwurf. Hin und her, sie konnte es förmlich fühlen, als wäre es schon vollbracht. Wie töricht! Oder doch nicht? Egal, sie wollte es, war sich nur nicht sicher, ob der Mut reichen würde.

Beim Mittagessen wollte sie Hilde und Hans fragen, ob sie schon einmal etwas ganz Verrücktes in ihrem Leben gemacht hatten oder gar vorhatten, noch etwas ganz Verrücktes zu tun. Vielleicht würde sie die beiden fragen, was sie von dem Tattoo hielten. Sie konnte Hans und Hilde diesbezüglich nicht einschätzen, aber vermutlich würde sie nur verständnislose Blicke ernten.

Sie duschte und machte sich fertig fürs Mittagessen. Es war der erste Tag, an dem sie sich nicht mehr wackelig auf den Beinen fühlte.

Hans und Hilde waren erfreut, Lotte hatte ihnen verboten, sie im Zimmer zu besuchen. Sie hätte eine rote triefende Nase, die keiner sehen wollte, hatte sie gemeint und keiner sollte sich bei ihr anstecken. Hilde hatte zwar gemault, aber schließlich fügten sie sich.

„Na das ist ja schön, dass du wieder unter den Lebenden bist! Du hast nicht viel versäumt. Na den Tanzabend gestern vielleicht", grinste Hilde. „So musste ich Hans wenigstens einmal nicht mit dir teilen!" Lotte wusste, dass sie sie nur neckte. Aber ja, die Tanzabende im Heim waren eines der wenigen Dinge, die Lotte wirklich Spaß machten, und selbst Hilde konnte sich dafür erwärmen. Sie war sonst sehr zurückgezogen. Hans war ein guter Tänzer und die Musik liebten sie alle drei.

„Wie geht's dir mit deinem Sohn?" – „Gibt nichts Neues", sagte Hans, „aber ich bin zuversichtlich." Es gab Leberknödelsuppe und Kaiserschmarren mit Apfelmus. Das war für Hans wieder einmal ein Highlight, auch der Gedanke an die Misere mit seinem Sohn konnte ihm das nicht vermiesen. Auch Lotte war wieder bei Appetit. Sie aßen eine Weile schweigend, ehe Lotte ganz unvermittelt ihre Frage stellte. „Was Verrücktes?" Hans und Hilde waren verwirrt, schienen aber nachzudenken.

Hans erzählte zum ersten Mal davon, dass er sich, bevor er ins Heim gegangen war, damals in sein Auto gesetzt hatte und einfach losfuhr. Er hatte es vorher keinem gesagt. Er fuhr und fuhr, bis er sich in einer fremden Kultur wiederfand. Er hatte es fast bis an die griechische Grenze geschafft. In Mazedonien bezog er ein schlichtes Zimmer in einem kleinen Ort. Er blieb einige Wochen. Das einfache Leben dort hatte ihm vor Augen geführt, dass man nicht viel brauchte. Die Menschen waren glücklich und nahmen den Fremden herzlich auf. Irgendwie schien es ihm die perfekte Vorbereitung für sein neues Leben zu sein. Danach fiel es ihm ganz leicht, sich von seinen Habseligkeiten zu trennen.

Lotte und Hilde staunten. Warum hatte Hans das nie erzählt?

Anstatt Hildes Antwort kam die Gegenfrage. „Was hast du vor, Lotte? Willst du mit uns gemeinsam eine Bank überfallen?" – „Nein", Lotte lachte, „aber keine schlechte Idee." Lotte druckste ein wenig herum, zog dann aber ihren Zettel aus der Tasche und legte ihn vor den beiden hin.

„Was ist das?" Sie erkannten wohl das Herz und die Herzlinie. Die Initialen dazwischen waren ihnen nicht eindeutig klar und wozu die Zeichnung dienen sollte, schon gar nicht. „Was ist das, Lotte?" Hilde war neugierig geworden. „Glaubt ihr, ich könnte mich in meinem Alter noch tätowieren lassen?" Hans lachte auf und Hilde blieb der Mund offen stehen. „Das hast du doch nicht wirklich vor, Lotte? Wir sind doch keine zwanzig mehr!"

„Wie kommst du nur auf so eine Idee?"

Lotte erzählte davon, dass sie gerne etwas hätte, was ihr Lisa und die Kinder ganz nahebringen würde. Sie glaubte fest daran, dass ihr etwas so Unauslöschliches eine gewisse Nähe bringen könnte. Lotte meinte es ernst.

Hans und Hilde hörten aufmerksam zu. Sie lachten jetzt nicht mehr, auf keinen Fall wollten sie ihrer Freundin den Wunsch madig machen.

„Weißt du", sagte Hilde, „wenn du dir wirklich sicher bist, solltest du das machen. Was hast du schon zu verlieren? Niemand anderer muss das verstehen. Das ist unser Glück, dass wir Alten niemandem mehr Rechenschaft schuldig sind."

Ja, sie hatte recht, es kam nur auf Lotte ganz alleine an.

„Hilde, was ist mit dir?", bohrte Lotte jetzt doch noch einmal nach. Hilde meinte nur, ihr Leben sei vollkommen unspektakulär verlaufen und sie habe auch nie den Wunsch gehabt, irgendetwas Außerge-wöhnliches zu tun, außer eines vielleicht. Hans und Lotte wurden hellhörig.

„Ihr werdet mich für verrückt halten." – „Kann nicht schlimmer sein als mein Tattoo." – „Ach, wisst ihr, wie könnte es auch anders sein, es hat mit meiner Strickerei zu tun." Hilde hatte beschlossen, sich ihren beiden Tischnachbarn anzuvertrauen. Seit einiger Zeit verspürte sie eine lebhafte Lust, Dinge wie Bäume und Bänke einzustricken, um die ganze Welt bunter aussehen zu lassen. So, jetzt war es heraus.

Lotte war zwar ein wenig belustigt von der Idee,

aber sie konnte sich den Garten der Alten gut vorstellen im Ringellook. Hans war auch gleich Feuer und Flamme, er würde ihr abends, wenn die anderen schon schliefen, gerne mal beim Ausmessen helfen. Wenn sie dann einiges fertig hätte, könnten sie in einer Nacht- und Nebelaktion Hildes Werke anbringen. Sie würden sich vorkommen wie Sprayer, die verbotenerweise irgendwelche Wände verzierten. Lotte gefiel die Idee, sie konnte sich die erstaunten Gesichter der Bewohner lebhaft vorstellen. Leugnen half dann freilich nichts, jeder hier im Heim würde die Handschrift sofort erkennen. Hilde war froh, dass sie keinen Spott erntete, ihre Freunde waren unbezahlbar.

Nach dem Essen gingen sie wieder ihrer Wege.

Am Abend dann rief Miki an und erkundigte sich nach Lottes Gesundheitszustand. „Bist du wieder fit? Ich würde mich morgen mit meinem Großvater treffen und wenn du Lust hast, kannst du gerne mitkommen und über Theo plaudern." Und ob Lotte Lust hatte. „Gerne, Miki, ich freu mich darauf." Sie vereinbarten einen Treffpunkt in der Stadt und Miki wünschte ihr noch eine gute Nacht. Die Neuigkeiten rund um seinen Vater wollte er ihr persönlich erzählen.

29

Am nächsten Morgen hatte Julia Dienst. Sie steckte den Kopf zur Tür herein und grüßte übermütig. „Na, was macht die Schnupfennase?" Lotte war wieder fit. Sie hatte keine Lust mehr, im Heim festzusitzen. „Hast du kurz Zeit, Julia?" Wann hatte man die hier schon, bei dem Personalmangel und den vielen Aufgaben, die sie hatte?

Für Zwischenmenschliches blieb da wenig Zeit. Julia war das egal, sie nahm sie sich einfach.

Lotte zögerte kurz, dann teilte sie Julia ihren Entschluss mit. Sie sei sich jetzt ganz sicher mit dieser Sache, flüsterte sie wie eine Verschwörerin. Julia stand kurz neben sich – welche Sache? „Oh Lotte, echt?", jubelte sie dann. „Du willst dir wirklich dieses Tattoo machen lassen?" Sie konnte es kaum glauben und bot gleich an, einen Termin zu vereinbaren. „Ehe dich wieder der Mut verlässt", zwinkerte sie. Jetzt war es besiegelt und Lotte freute sich darauf. Julia musste weiter, sie wollte keinen Ärger mit der Heimleitung.

Lotte überlegte, ob sie es noch mit Lisa besprechen sollte. Hilde hatte gesagt, die Alten müssten sich nicht mehr rechtfertigen. Das war wohl weise. Jetzt hatte sie sich dafür entschieden und dabei blieb es. Vielleicht würde sie noch Klara um ihre Meinung fragen, das war's dann aber auch.

Sie machte sich langsam zurecht. Sie wollte nicht unpünktlich sein. Lotte freute sich auf das Mittagessen mit Miki und seinem Großvater. Beim Frühstück hatte sie sich schon von der Mittagsmahlzeit im Heim abgemeldet.

Sie hatte Hilde und Hans kurz von Theo erzählt und davon, dass sie einen gemeinsamen Bekannten treffen wollte.

Mikis Großvater musste in etwa gleich alt sein wie Lotte, aber er wirkte so lebendig wie sein Enkelsohn. Er küsste ihr die Hand und stellte sich formvollendet vor. „Gestatten, Leopold Hagen." Lotte war gleich klar, von wo Miki seine guten Manieren hatte. „Sie sind also diese Lotte, von der mir mein Freund Theo so viel vorgeschwärmt hatte?" Theo hatte von ihr geschwärmt? Aber er hatte doch eine eigene Familie, oder nicht?

Sie setzten sich, bestellten erst einmal ihre Getränke und studierten die Speisekarte. Miki und sein Opa wählten ein Schnitzel, Lotte Spargel mit Sauce hollandaise.

Dann begann Lotte, von ihrer Zeit mit Theo zu erzählen. Wie sie als Kinder unzertrennlich waren und wie sich ihre Wege dann trennten. Mikis Opa war ein guter Zuhörer. Er nickte verständnisvoll und war sehr interessiert. Nachdem Lotte fertig war, konnte Opa Hagen fast nahtlos fortsetzen und seinen Teil aus Theos Leben erzählen.

Sie hatten gemeinsam studiert, Sport und Mathematik, und waren fast unzertrennlich geworden im Studium. Sie hatten gemeinsam unterrichtet und im selben Jahr geheiratet. Theo war also verheiratet gewesen. Leopold erzählte, dass Theo einen Sohn hatte und dass er mit seiner Familie damals nach dem Studium wieder in Wien lebte.

Es sei schade, dass er nie nach ihr gesucht hatte, bedauerte Lotte. Doch, das habe er, entgegnete Leopold. Lotte war erstaunt, Theo hatte sie also auch nie vergessen können. Als seine Frau verstorben war, wollte er gerne wieder Kontakt aufnehmen mit seiner alten Freundin. Er hatte schon ein wenig recherchiert. Damals hatte er seinem Freund auch von der Jugendfreundin erzählt. Leider ließ ihm das Leben nicht mehr die Zeit dafür, die Suche zu beenden. Sie hätten noch so viele Pläne gehabt gemeinsam. Man merkte Mikis Opa die Trauer noch an. „Wenn Sie möchten, können wir gerne einmal gemeinsam sein Grab besuchen", bot er ihr an. Lotte nahm das dankbar an. Es wäre ein guter Ort, dem lieben Jugendfreund Lebewohl zu sagen. „Theo ist tot."

Während sich Lotte und Leopold über Theo unterhielten, war Miki seinen eigenen Gedanken nachgehangen. Er wollte den beiden noch von seinem Treffen mit Ludwig erzählen.

Miki hatte sich von dem Zusammenbruch nach dem Besuch seines Vaters wieder erholt. Tom hatte ihm den Rücken gestärkt und ihn wieder aufgerichtet. Zuerst war Tom ja zornig, als er Miki so verloren vorfand, er war aber auch klug genug, nicht vorschnell einen Keil zwischen die beiden zu treiben. Behutsam beruhigte er

Miki und machte ihm klar, dass er seine Gefühle durchaus zulassen durfte. Nachdem er ihm, in allen Einzelheiten, von dem Gespräch mit Ludwig erzählt hatte, beschlossen sie, gemeinsam diesen Neuanfang zuzulassen. Die Entscheidung war natürlich mit einem Risiko verbunden und es brauchte Mut, aber mit Tom fühlte sich Miki stark genug dafür. Nun war er gespannt, wie sein Opa die Geschehnisse aufnehmen würde.

Ohne Leopold würde er den Weg nicht gehen. Seine Zustimmung war Voraussetzung für ihn.

„Ich habe Neuigkeiten für dich, Opa", sagte er jetzt, als er das Gefühl hatte, dass das Gespräch um Theo vorerst einmal beendet war.

Er wusste nicht so recht, wie er mit seiner Nachricht herausrücken sollte, und druckste verlegen herum.

„Du kannst dir nicht vorstellen, wer bei mir war." Leopold zog fragend eine Augenbraue hoch. Mikis Stimme war seltsam belegt, seine Augen glänzten.

„Paps hat mich besucht. Wir wollen uns wieder vertragen." Die Bombe war geplatzt.

Lotte setzte sich so ruckartig auf, dass Miki mit einem Schlag klar war, wer es da mit ihm und seinem Vater so gut gemeint hatte. Er schaute sie fragend an und sie senkte den Blick. „Das freut mich sehr, lenkte sie stotternd von sich ab." – „Lotte? Hast du was damit zu tun?" Sie wurde rot wie ein Teenager. „Bitte sei mir nicht böse, ich konnte nicht anders. Ich wollte eurem Glück ein wenig nachhelfen." Er stand auf und drückte

Lotte von hinten. „Ich bin dir doch nicht böse, Lotte."

Miki war sichtlich aufgewühlt. Er schaute seinen Großvater fragend an, Leopold saß wie versteinert da und sagte gar nichts. Miki rutschte unruhig auf seinem Sessel hin und her. Wenn er jetzt nicht den Segen seines Großvaters bekam, wollte er sich nicht auf den Neuanfang einlassen. Eine gefühlte Ewigkeit später fand Leopold seine Sprache wieder, er spürte, wie wichtig seine Zustimmung für Miki war.

„Junge, wenn du dir das gut überlegt hast, dann werden wir es versuchen." Man merkte, wie schwer Leopold diese Worte fielen. Er hatte Angst um seinen Enkel. Miki atmete deutlich hörbar aus, die Anspannung wich langsam aus seinem Gesicht und er umarmte nun auch seinen Großvater. „Danke, Opa, du bist der Beste!" Miki war sich fast sicher gewesen, dass sein Opa hinter seiner Entscheidung stehen würde. Er war erleichtert und fühlte sich endgültig von der Last der letzten Jahre befreit. Er wollte jetzt nur mehr in die Zukunft schauen.

Miki erzählte nun erneut und ausführlich von seinem Treffen mit Ludwig, von der Vertrautheit, die er verspürt hatte, von dem Zorn, der ihn danach übermannt hatte, und von den Zweifeln, die ihn plagten. Lotte saß stumm da und war sich gar nicht mehr so sicher, ob sie Miki nicht zu sehr überrumpelt hatte mit ihrer Einmischung. Leopold kämpfte mit den Tränen. Miki erzählte weiter, dass er, gemeinsam mit Tom, beschlossen hatte, Ludwig wieder an ihrem Leben teilhaben zu lassen. Es fühle sich richtig an und er freue sich mittlerweile darauf. „Opa, es war mir einfach nur wichtig, dass du ihm auch vergeben kannst", sagte Miki, „ich will, dass wir wieder eine Familie sind."

Leopold wollte sich gerne von Mikis Optimismus anstecken lassen, er war aber skeptisch. So viele Jahre konnte man nicht einfach so wegwischen, um dann freimütig wieder von vorne anzufangen. Aber wenn Miki verzeihen konnte, dann konnte er das wohl auch. Was für ein wunderbarer junger Mann Miki doch geworden war. Leopold platzte fast vor Stolz.

Lotte erzählte dann notgedrungen und ein wenig verlegen von dem Brief, den sie verfasst hatte, von ihrer Recherche und Hoffnung, überhaupt den richtigen Herrn Hagen anzuschreiben.

Miki war sprachlos. Lottes Einmischung hätte auch gründlich danebengehen können, aber dann hätte er wohl nie etwas davon erfahren. Sie taten sich gut. Er liebte Lotte mittlerweile wie seine eigene Großmutter. Das Schicksal hatte sie zusammengeführt und in nur wenigen Monaten zu engen Vertrauten werden lassen. Ihm war ganz warm ums Herz.

30

Es war der Tag, an dem Lotte mit Klara zum Flughafen wollte. Sie hatte unruhig geschlafen und war angespannt.

Gleich nach dem Sport wollten sie aufbrechen.

Lotte hatte sich eine lange Liste mit Fragen zusammengeschrieben. Sie wollte alles erfahren über das Fliegen. Es war vielleicht ihre letzte Chance, sich damit anzufreunden.

Klara war gut gelaunt und siegessicher.

Sie fuhren mit der Flughafenbahn, die sie direkt aus dem Zentrum der Stadt zum Flughafen brachte. Klara liebte das Treiben und die Stimmung am Flughafen. Lotte machte das alles eher nervös, aber wenn sie bedachte, wie viele Tausend Menschen da täglich von einem Ort zum anderen geflogen wurden, konnte es doch gar nicht so gefährlich sein. Am Infoschalter trafen sie Herrn Leimer. „Ich darf Sie heute mal in meine Welt entführen, ich hoffe, ich kann Sie ein wenig fürs Fliegen begeistern."

Er hakte Lotte und Klara unter und nahm sie in den sogenannten Briefing-Raum mit. Das Flugpersonal hatte dort eine Art kleines Wohnzimmer mit Klubsesseln, Fernseher und Kaffeemaschine. Er bot ihnen etwas zu trinken an.

„Hier haben wir die Gelegenheit, uns auszuruhen vor dem nächsten Flug, noch einmal die Flugpläne zu kontrollieren und die Wetterdaten zu prüfen."

Es wirkte gemütlich und beruhigend auf Lotte. Sie

nahmen Platz und Herr Leimer schwärmte ihnen vom Fliegen vor.

„Wenn ich auf die Startbahn rolle, Schub gebe und merke, wie meine Maschine beschleunigt, die Triebwerke hochlaufen und wir abheben, dann fühle ich Glück pur. Jedes einzelne Mal. Frau Lotte, Sie müssen das erleben!" Er schwärmte wieder wie von einem Baby. Automatisch war er zu der vertraulichen Anrede übergegangen.

Dann erklärte er ihnen die Technik, es war wirklich faszinierend, wie so ein Vogel funktionierte, und Lotte hätte sich vielleicht damit anfreunden können, wenn er nur eben mal am Boden bliebe. Diese Höhe machte ihr einfach Angst. Aber was hatte sie zu verlieren? Der Pilot und seine Crew wollten schließlich auch immer wieder heim zu ihren Lieben.

Er hielt ihnen einen Vortrag über die Kontrollen vor dem Flug und die Sicherheit an Bord. Er war ein Vernunftmensch, alles schien einfach. Seine angenehme Art ließ Lotte Vertrauen fassen, mit ihm würde sie vielleicht mitfliegen. Er lachte. „Leider, Lotte. Sie haben sich nicht die näheste Destination ausgesucht." Ausgesucht! Als hätte sie sich irgendetwas ausgesucht, Lisa hatte ihr das angetan.

„Wenn man nach Australien will, muss man einmal zwischenlanden, in Dubai zum Beispiel. Nach einem kurzen Aufenthalt geht es dann direkt weiter nach Sydney." Auch das noch, sie wollte nach Australien und das auf direktem Wege, und nicht zu irgendwelchen Ölscheichs.

„Wie lange dauert das?" Lotte war sprachlos. „Minimum vierundzwanzig Stunden, bis Sie da sind, Frau Lotte." Oh mein Gott! Aber wenn Lotte bedachte, dass sie nach nur vierundzwanzig Stunden Lisa in die Arme schließen könnte, erschien es ihr wieder wie ein Augenblick. Es war alles relativ. Das müsste doch zu schaffen sein. Vielleicht könnte ja auch die Medizin helfen und sie könnte sich mit Schlaftabletten zudröhnen. Es wäre ihr ganz egal, ob sie das Meer oder die Berge von oben sehen würde, Hauptsache, sie würde bei Lisa ankommen.

Herr Leimer nahm sie noch mit auf den Hangar. Sie schauten sich sein Baby aus der Nähe an. Lotte durfte zum ersten Mal in einen Flieger klettern. Das war ja gar nicht so eng, wie sie befürchtet hatte, nur die kleinen Fenster machten ihr zu schaffen. Sie konnte einfach nicht verstehen, was die Leute am Fliegen so toll fanden. Das Cockpit war faszinierend, es war ihr klar, dass jeder Technikfreak hier seine reinste Freude haben musste.

„Versuchen Sie es einfach, Frau Lotte, geben Sie sich einen Ruck. Mit dieser Angst werden Sie fertig und bis Dubai bin ich ja bei Ihnen." Jahrelang hatte sie sich geziert, sie war nicht so einfach umzustimmen.

„Ich danke Ihnen tausend Mal, dass Sie Ihre Zeit für mich geopfert haben. Ich muss das jetzt verdauen und dann werden wir weitersehen." Lotte war leider nicht sehr optimistisch, sie schalt sich eine Närrin. Aber es war, so wie es war, schließlich hatte sie die letzten zehn Jahre diesbezüglich schon unendliche Kämpfe mit sich ausgetragen. Nein, sie hatte die Sache noch nicht aufgegeben, auf keinen Fall. Tief in ihrem Inneren merkte sie, wie sich die Vernunft gegen die Torheit zur Wehr zu setzen begann.

Klara und Lotte aßen noch eine Kleinigkeit am Flughafen und betrachteten das hektische Treiben. Wie Ameisen im Bau zogen die Menschen ihre Koffer hinter sich her. Vor den Schaltern bildeten sie endlose Schlangen. Lotte musste das dann alles alleine bewältigen. Wenn sie die Reise antrat, war sie auf sich alleine gestellt. Das machte ihr noch einmal zusätzlich Angst. Mit Miki würde sie es vielleicht schaffen, aber sie konnte von dem Jungen nicht verlangen, dass er sie um die halbe Welt begleitete, das ginge zu weit.

Da wusste Lotte noch lange nicht, dass Miki und Tom genau das vorhatten.

Bevor sie aufbrachen, wollte Lotte Klara noch nach ihrer Meinung zu ihrem Vorhaben mit dem Tattoo fragen.

„Klara? Ich hab da noch etwas auf dem Herzen." – „Was ist los, Lotte?", fragte Klara neugierig. Lotte erzählte ohne große Umschweife, was sie vorhatte, und zog dazu Julias Entwurf aus der Tasche. Klara fehlten kurz die Worte, dann platzte es aus ihr heraus.

„Du spinnst wohl, Lotte!" Als sie es ausgesprochen hatte, tat es ihr auch schon fast wieder leid, sie hatte es zu barsch formuliert. Aber für derlei Unsinn hatte Klara nun mal nichts übrig. „Du kannst dich doch in deinem Alter nicht zu so etwas hinreißen lassen, das ist doch albern." Lotte hatte sich diesmal ziemlich verschätzt, sie hatte sich weiteren Zuspruch erwartet und jetzt das. Sofort machten sich wieder Zweifel in ihr breit. Klaras Meinung war ihr wichtig, aber sie wollte nun mal nichts Negatives hören. Die Sache war ihr zu wichtig. Was nun? Lottes gutes Gefühl war jedenfalls angepatzt. Klara merkte, dass Lotte mit ihrer Ansicht nicht zufrieden war, aber sie wollte ihr nichts vormachen. „Tut mir leid, Lotte, aber ich finde, du solltest dir das nochmals gründlich überlegen. Wer weiß, was du dir da alles holst. Das ist doch viel zu gefährlich." Klara presste die Lippen aufeinander und schüttelte ungläubig den Kopf. Aus dieser Sicht hatte Lotte das überhaupt noch nicht gesehen. Aber in Julias Händen fühlte sie sich da ganz sicher. Papperlapapp!

Trotzdem, Klaras Worte versetzten sie in einen Zwiespalt.

31

Lotte wollte für Lisa eine Diashow zum Geburtstag vorbereiten. Sie hatte wieder einmal vergessen, wie sie das mit ihrer Liste bewerkstelligen konnte. Wenn Julia Dienst hatte, würde sie sie um Hilfe bitten, sie musste vorher ohnehin noch ein paar Vorbereitungen treffen. Es waren ja noch ein paar Wochen Zeit.

Lotte hatte beschlossen, ihre Liste nicht mehr unter Verschluss zu halten. Im Sportklub, bei einem Besuch von Tom in der Bäckerei, bei einem Spaziergang mit Klara und Ben, beim Üben mit Miki, beim Mittagessen mit Hans und Hilde, überall verfolgte sie ihre Lieben mit der Liste. Sogar Julia bei der Arbeit. Sie knipste alles, was ihr unterkam, die Alten im Garten und beim Tanzabend, Hans beim Kochbuchlesen, Hilde beim Stricken. Jeden Winkel im Haus des Lebens wollte sie Lisa zeigen. Es sollte eine unbeschwerte Diashow werden, untermalt mit Mikis Musik.

Das ganze Unterfangen war gar nicht so einfach, mit Mikis und Julias Hilfe sollte es aber gelingen. Lisa sollte an ihrem neuen Leben und ihrem Glück teilhaben. Ein lebendiges Bild von der Granny wollte sie um die Welt schicken. Julia hatte am Vorabend noch ein paar übermütige Bilder von Lotte geschossen. Sie wollte noch warten, bis Hilde ihr Vorhaben mit den Bäumen in die Tat umgesetzt hatte. Das musste unbedingt mit drauf.

Hilde kam gut voran und Hans war schon ganz aufgeregt. Sie wirkten ein bisschen wie Bonnie und

Clyde.

Hilde glaubte, in zwei Tagen so weit zu sein, der Wetterbericht war auch gut und sie hatten schon einen Plan ausgeheckt, wann und wie die Aktion vonstattengehen sollte. Lotte hatte gemeint, sie könnten ja die Heimleitung fragen und das Ganze ganz offiziell als Kunstprojekt anmelden. Aber Hans wollte nicht mehr auf seinen Bonnie-und-Clyde-Trip verzichten und Hilde hatte Angst vor einem Nein. Das Schwierigste würde für Hilde werden, die Stücke am Baum in Verbindung zu bringen. Die größten Vorbereitungen hatte sie zwar schon getroffen, aber die Endfertigung ging eben mal nur vor Ort. Es würde eine Nachtschicht werden und so hatten sie beschlossen, sich erst einmal auf fünf Objekte zu beschränken. Sie hatten eine Parkbank, eine daneben stehende Laterne und einen dazugehörigem Baum ausgewählt, an einer anderen Stelle im Garten noch einen Brunnen, neben dem eine kleine, steinerne Schafherde stand. Der Brunnen und eines der Schafe sollten ummantelt werden. Hilde hatte ihre Ideen von einem Bericht, den sie einmal im Fernsehen gesehen hatte. „Urban Knitting", es erschien ihr wirklich wie Kunst und das war es wohl auch. Sie träumte davon, dass es allen gefallen würde und sie dann ganz offiziell weitermachen dürfte.

Vielleicht käme dann auch das Fernsehen zu ihnen, um über die Kreativität der Alten zu berichten. Hilde, der Star im Mittelpunkt, Hans, der Techniker im Hintergrund.

Lotte hatte Hilde noch nie so aufgekratzt gesehen,

es schien ihr wirklich große Freude zu bereiten. Lotte hielt es längst nicht mehr für eine verrückte Idee, sie hatte gesehen, welche Mühe sich Hilde gab. Alles war farblich abgestimmt und wirkte so leuchtend schön und harmonisch, dass sich auch Lotte sicher war, dass Hilde einen Siegeszug antreten würde. Lotte konnte nur staunen, wie weit das Projekt schon fortgeschritten war. Sie wurde den Gedanken nicht los, dass Hilde schon lange, bevor sie ihre Idee kundgetan hatte, mit der Arbeit begonnen hatte.

Es gab immer Menschen, die den anderen ihr Glück nicht gönnten. Aber Hilde war so lieb zu allen im Haus, dass diese Sorge wahrscheinlich unbegründet war.

Sie wollte Hilde nicht länger aufhalten und zog mit ihrer Liste weiter. Die anderen hielten es mittlerweile für einen überdimensionalen Seniorenfotoapparat, Lotte war das nur recht.

Sie ging auf ihr Zimmer und verschaffte sich einen Überblick über das, was sie schon alles fotografiert hatte. Sie tippte auf die App „Fotos" und klickte das erste Bild an. Es war ein Bild aus Mikis Stammlokal. Sie liebte es, die Fotos auf die Seite zu schieben um das nächste sichtbar zu machen. Das eine oder andere Mal tippte sie auf den kleinen Mistkübel rechts oben und sortierte ein Bild wieder aus. Es tat ihr leid, dass sie nicht schon früher mit dem Fotografieren begonnen hatte, im L.E.O. oder bei der Draisinenfahrt. Lotte selbst hatte diese Bilder zwar unauslöschlich in ihrem Herzen, aber sie konnte Lisa nichts davon zeigen. Als ihr die Auswahl gefiel, drückte sie auf „Diashow". Die

Liste traf eine automatische Anordnung, die Lotte auf Anhieb gefiel. Über manches musste sie selbst lachen, das, bei dem sie Julia die Zunge entgegenstreckte, müsste sie wohl noch rauslöschen. Unter Optionen konnte sie die Geschwindigkeit selbst regeln. Von Schildkröte bis hoppelnder Hase, das verstand selbst Lotte. Lotte war zufrieden, jetzt hoffte sie nur, dass sich die Fotos überhaupt per E-Mail versenden ließen.

32

Montagabend war es endlich so weit. Hilde, Hans und Lotte trafen sich um einundzwanzig Uhr im Aufenthaltsraum, wie erwartet war er längst leer. Hilde hatte einen unglaublichen Berg an Strick- und Häkelarbeiten auf vier Plastiktaschen verteilt. Hans hatte einen Rolli an, den er bis übers Kinn hochgezogen hatte. Lotte war belustigt, ein Wunder, dass ihm Hilde keine Gesichtsmütze anfertigen musste.

Sie waren alle drei aufgeregt wie kleine Kinder vor Weihnachten. Jetzt mussten sie nur noch unbehelligt in den Garten kommen, es war bereits dunkel. Hans hatte eine kleine Trittleiter organisiert und vorsichtshalber eine Taschenlampe mit. Sie durften aber bloß kein Aufsehen erregen. Ihr Werk sollte bis zum nächsten Morgen unbemerkt bleiben. Zuerst nahmen sie sich den Baum vor. Hier hatte Hilde eine riesige Patchworkdecke gehäkelt. Die einzelnen Flicken waren schon ein Ganzes. Das Maß, das Hans ermittelt hatte, stimmte genau. Mit flinken Fingern nähte Hilde das bunte Werk wie eine zweite Rinde hinten am Baum zusammen.

Fast eine Stunde war vergangen, aber es konnte sich sehen lassen. Sogar im Dunkeln konnte man erkennen, wie schön es geworden war. Dann kam die Laterne dran. Das ging schon viel einfacher. Ein circa ein Meter hoher Streifen mit bunten Kringeln war im Nu angebracht. Hilde hatte sich sogar die Mühe gemacht und Perlen daraufgenäht. Es glitzerte und funkelte im

Schein der Laterne. Auf der Bank war es nur eine Art Überwurf für Sitzfläche und Lehne, hier hatte Hilde Bänder zum Festbinden angenäht. Ein Kinderspiel also. Zum ersten Mal sah Hilde richtig auf und betrachtete ihr Werk. Das Leuchten in ihren Augen war unbezahlbar. „Ich danke euch beiden so sehr", stotterte sie. „Nix da", sagte Hans, „wir sind ja noch gar nicht fertig." Er nahm die Säcke und ging zum Brunnen. Für das Steinschaf war ein allerliebster Ringelpulli in Rosatönen angefertigt worden, den Hilde jetzt am Bauch und an den Ärmeln, die die Vorderbeine umhüllten, zusammennähte. Sie kniete am kühlen Boden, aber sie war nicht zu bremsen in ihrem Eifer. Der Brunnen, der eigentlich ein Hydrant war, bekam einen rosa Griff, eine Mütze mit Quaste und einen Gürtel in Regenbogenfarben. Fertig!

Sie hatten emsig gearbeitet und das Ergebnis war einfach toll. Gute zwei Stunden waren vergangen und erst jetzt bemerkten sie die Müdigkeit in ihren Knochen. Ihre Anspannung ließ nach. Als sie wieder im Aufenthaltsraum waren, stand Hans plötzlich mit einer Flasche Prosecco und drei Gläsern vor ihnen. „Das müssen wir doch feiern!" Hilde zierte sich ein wenig, aber der Anlass war ja wirklich einzigartig und einmal anstoßen würde sie nicht umhauen. Hans schenkte ein, die Gläser schäumten über und sie kicherten wie drei Teenager, die schon wieder etwas Verbotenes taten. „Prost, meine zwei Lieben, ihr seid die Besten", sagte Hilde und kippte ihr Glas auf einmal hinunter.

„Ich freue mich so auf die verdutzten Gesichter

morgen."

Hans schenkte nach, sie leerten die ganze Flasche und unterhielten sich noch bis weit nach Mitternacht. Aufgekratzt und mit einem leichten Schwips verabschiedeten sie sich dann voneinander. Hans küsste Lotte und Hilde zum ersten Mal auf beide Wangen. „Gute Nacht, bis morgen!"

Am nächsten Morgen kam Lotte relativ spät zum Frühstück. „Kater?", grinste sie Hans an. Lotte hatte sehr gut geschlafen und sie fühlte sich frisch und munter.

Unter den Morgenspaziergängern herrschte schon eine rege Unterhaltung. Sie tuschelten ganz offensichtlich über Hildes Werk. Einige standen auf und gingen zum Fenster, um hinauszusehen. Dann geschah etwas sehr Schönes. Als Hilde im Speisesaal erschien, erhoben sich ein paar Alte und applaudierten. Hilde war ganz weg und eine Träne der Rührung lief ihr über die Wange. Sie senkte ein wenig schüchtern den Kopf, Hilde stand gar nicht gerne im Mittelpunkt. „Hilde, das warst doch sicher du", riefen ihr einige fragend entgegen. „So was Schönes!" Hilde taute auf.

Dass ihr Werk solchen Gefallen fand, erleichterte sie und sie begann zu erzählen, wie es dazu gekommen war. Jetzt musste sie nur noch die Heimleitung überstehen. Wenn aber die anderen so hinter ihr standen, konnte nicht mehr viel schiefgehen.

Nach dem Frühstück gingen sie gemeinsam in den Garten, um ihr Meisterstück bei Tageslicht zu betrachten. Es war noch viel schöner als in der Nacht, leuchtend bunt. Wenn man es betrachtete, fühlte man sich unweigerlich in Hochstimmung. Neben dem Hydranten und dem Schaf standen der Portier und die Direktorin Frau Kunz.

Als Hilde die beiden sah, verließ sie der Mut. Nachdem sie sich im Speisesaal schon feiern ließ, wäre Leugnen jetzt zwecklos gewesen. Frau Kunz blickte auf und sah Hilde. „Frau Palm", sie winkte nach ihr. Es gab kein Zurück. Hans ging mit hinüber, er musste ihr jetzt den Rücken stärken. Schließlich war er mit schuld an dem Ganzen. Lotte trottete hinterher. Sie rüstete sich, denen die Leviten zu lesen. Keiner durfte Hilde ein Haar krümmen, keiner!

Aber die Angst war unbegründet, Frau Kunz strahlte übers ganze Gesicht und gratulierte Hilde. „Sie sind ja eine Künstlerin!" Das ging runter wie Butter. Erst schaute Hilde ungläubig und verdutzt, dann begann sie, über das ganze Gesicht zu strahlen. „Ich muss es also nicht wieder entfernen?" – „Aber nein, wo denken Sie denn hin? Es vermittelt so viel Fröhlichkeit, Sie hätten schon viel eher damit beginnen sollen. Wenn Sie möchten, können Sie in Absprache mit mir gerne weitermachen. Unser Hausmeister kann Ihnen dann auch gerne helfen, nicht dass noch etwas passiert." Hilde stand der Mund offen. Sie blickte sich um zu Hans und Lotte und war unendlich dankbar.

Die Aufregung im Park legte sich langsam. Hilde setzte sich auf ihre „neue" Bank und begann langsam zu realisieren, was letzte Nacht und am Morgen vor sich gegangen war. Sie kam sich vor wie die Hauptdarstellerin in einem Film. Das Haus des Lebens hatte sie doch noch glücklich gemacht.

33

Für Sonntag war Lotte bei Miki und Tom zum Essen eingeladen. Sie wusste von Klara, dass sie und Ben ebenfalls eine Einladung erhalten hatten. „Wir möchten mit unserer Familie und unseren Freunden gute Neuigkeiten teilen" stand auf der Karte. Lotte dachte an die Versöhnung mit Mikis Vater.

Vielleicht würden ja auch sein Vater und sein Opa eingeladen sein. Vielleicht auch Toms Eltern, von denen Miki immer so schwärmte. Dass er sie und Klara mittlerweile fast zur Familie zählte, rührte sie sehr.

Lotte freute sich, sie konnte dann auch noch weitere Fotos für Lisa machen.

Sie wollte sich für diesen Anlass eine neue Bluse oder vielleicht ein hübsches Kleid gönnen. Nicht dass sie in ihrem Kleiderkasten nicht genug finden würde, aber manchmal hatte Lotte einfach Lust auf etwas Neues.

Sie fuhr also wieder einmal in die Stadt und schaute sich ein wenig um. Sie hätte gerne Lisa dabeigehabt, so wie früher an ihren Muttertochtertagen. Das war immer lustig, sie standen zu zweit in der Kabine, gaben sich gegenseitig Ratschläge und überfielen nachher immer eine Konditorei, selbst wenn schon vorher alles in der gewünschten Größe gekniffen hatte. Sie nannten ihre Torten dann immer Traumkleidkiller oder Hüftgold.

Heute war Lotte auf sich allein gestellt, wie in so vielen Dingen ihres Lebens. Sie wollte aber nicht undankbar sein und schon gar nicht trübsinnig bei all dem Guten, was ihr in letzter Zeit widerfahren war. Niemand konnte ihr Lisa ersetzen, aber sie hatte jede Menge gute Freunde in der Not.

Lotte stand vor einer Auslage und war mit einem Schlag verliebt. Dieses Kleid musste sie haben, ein Traum von Blumen auf zartgrünem Stoff mit V-Ausschnitt und Taillenbund, als Draufgabe eine Applikation aus Strasssteinen. Es erinnerte sie an die Sechzigerjahre. Ein wunderbares Frühjahrsensemble. Hoffentlich würde es nicht zu festlich sein für das Versöhnungsfest. Wundersamerweise war es gar nicht teuer. Es passte perfekt und Lotte gefiel sich darin. Dazu hatte sie auch die passende Jacke, Schuhe und eine Handtasche zu Hause. So konnte sie Geld sparen, sie bräuchte keine weiteren Accessoires.

Lotte war glücklich über ihr Schnäppchen. Sie beschloss, sich alleine mit einem Stück Hüftgold und einer guten Tasse Tee zu verwöhnen.

Ihre Gedanken schweiften zurück zu Lisa und zu ihrem Vorhaben mit dem Tattoo.

Julia hatte schon einen Termin für sie vereinbart, nur zu einer Vorbesprechung. „Mit der Option auf mehr", grinste sie vor ein paar Tagen bei der Tür herein. Lotte hatte das Ganze ausgeblendet, Hildes Vorhaben war wichtiger gewesen.

Beim Tee und der Sehnsucht nach Lisas Gesellschaft fiel es ihr wieder ein. Seit Klara sich so kritisch dazu geäußert hatte, war Lotte unsicher geworden, außerdem hatte sie Angst vor den Schmerzen. Julia hatte aber beteuert, dass es nur ein

Klacks sei. „Lotte, du hast ein Kind auf die Welt gebracht, da ist ein Tattoo nichts dagegen." – „Ja, und ich habe Georg über dreißig Jahre ausgehalten", witzelte Lotte leise vor sich hin. Trotzdem, sie war sich plötzlich nicht mehr sicher. Vielleicht hatte Klara ja recht und sie war nichts weiter als eine törichte Alte.

Lotte zahlte und machte sich auf den Weg. Sie hatte wieder ihre Liste dabei, hatte sich im Spiegel der Umkleidekabine geknipst und ein Bild von der Torte angefertigt. „Schade, Lisa, dass du nicht da bist." Ihre Sehnsucht war in letzter Zeit in gleichem Ausmaß gestiegen wie ihre Hoffnung, dass sie bald in einen Flieger klettern würde.

Sie hatte noch einen Termin bei ihrem alten Hausarzt vereinbart. Lotte hatte vor, sich zu erkundigen, ob es Mittel gab, die ihre Flugangst lindern könnten.

In den letzten Wochen keimte die Zuversicht in ihr, dass sie so bald wie möglich zu Lisa und ihrer Familie konnte. Wenn sie ans Fliegen dachte, bekam sie keine schwitzenden Hände mehr und ihr Albtraum hatte sie schon länger nicht mehr heimgesucht. Sie wusste ja nicht einmal, ob sie sich wirklich fürchten würde, wenn es so weit war. In letzter Zeit redete Lotte sich ein, sich da nur in etwas verrannt zu haben. Die Euphorie von Klara und ihrem Piloten war auf sie übergeschwappt und hatte eine Art des inneren Friedens in ihr ausgelöst.

Der Besuch beim Hausarzt fügte sich wie ein beruhigendes Puzzleteil ein. Er verschrieb ihr pflanzliche Tropfen, die sie bei Gelegenheit schon einmal ausprobieren sollte. Vielleicht wenn sie den nächsten Zahnarztbesuch vor sich hatte.

Als Lotte wieder im Heim war, rief sie Klara an und machte einen Treffpunkt für Sonntag aus.

Sie verstaute ihre Liste immer noch in gewohnter Weise unter der Unterwäsche und begab sich zur Abendmahlzeit.

Hilde war noch immer ganz überdreht und sprach über ihre neuen Vorhaben, ihre Ideen schienen grenzenlos. Sie hatte in der Trafik per Zufall eine Zeitschrift entdeckt, in der ein Artikel über „Urban Knitting" mit sehr schönen Bildern war, die sie zu neuen Höchstleistungen anspornten.

„Und", fragte Hans an Lotte gewandt, „was ist mit der Umsetzung deines verrückten Planes?"

Er schien innere Antennen für so was zu haben. Lotte bekannte Farbe, sie erzählte, dass Julia für sie schon einen Termin vereinbart hatte. Hans und Hilde wussten um die innige Beziehung Lottes zu Julia. Sie mochten sie auch sehr gerne, wie wahrscheinlich jeder hier im Haus.

„Ich habe schon ein wenig Angst, vielleicht kneife ich noch." Hilde bestärkte sie jedoch. „Nein, Lotte, du hast ja gesehen, wir müssen unsere Träume leben. Sei mutig." Dass ihr ausgerechnet die konservative Hilde Schützenhilfe leisten würde bei dem Wunsch, ein Tattoo anfertigen zu lassen, amüsierte Lotte. Hans war auch dafür. „Sollen wir dich begleiten?" Lotte war gerührt, dass die beiden ihre Unterstützung anboten. Sie gluckste belustigt, Bonnie und Clyde und ein verrücktes Weibsbild auf dem Weg in einen Rockerladen. „Nein danke! Das ist ganz lieb von euch, aber ich glaube, ich will das alleine schaffen. Julia ist ja bei mir. Außerdem sollt ihr nicht sehen, wenn ich wehleidig bin oder gar heule." Insgeheim war sich Lotte ja nicht einmal mehr sicher, ob sie überhaupt hingehen würde.

Hilde und Hans akzeptierten das, obwohl Hans mittlerweile Gefallen daran fand, aus dem Alltag auszubrechen, um etwas Ungewöhnliches zu tun. Er würde wohl noch einmal in sich gehen müssen und überlegen, ob er nicht auch noch einen Wunsch offenhatte.

34

Am Sonntag machte sich Lotte hübsch zurecht und traf sich mit Klara und Ben. Ben war ganz artig und hüpfte nicht an ihr hoch, als ahnte er, dass er das Sonntagsoutfit beleidigen könnte. Klara war sehr angetan von dem schönen Kleid. „Wow, Lotte, du siehst noch einmal um Jahre jünger aus." – „Du bist aber auch nicht von schlechten Eltern, Klara." Sie hatten sich beide in Schale geworfen, Gelegenheit dazu gab es ohnehin selten genug.

Sie waren die Ersten, die eintrafen. Tom und Miki hatten mit viel Liebe und kleinen Aufmerksamkeiten eine riesige Tafel hergerichtet. Lotte und Klara staunten nicht schlecht, Lotte zählte dreizehn Plätze. So ein großes Aufsehen hätte sie für das Versöhnungsfest mit Mikis Vater nicht erwartet.

Es läutete wieder. Die nächsten Gäste waren Toms Eltern. Sie machten sich miteinander bekannt und man merkte gleich, was für liebenswürdige Leute sie waren.

Dann kam Leopold. Lotte glaubte ihren Augen kaum zu trauen, als plötzlich Julia im Raum stand. Julia und Tom hatten sich angefreundet, sie war einige Male bei ihm in der Bäckerei gewesen. Er war ein guter Zuhörer und sie konnte zurzeit einen neutralen Freund gut gebrauchen. Lottes Rechnung ging also doch noch irgendwie auf. Die beiden hatten einen guten Draht zueinander gefunden. Lotte hatte das gar nicht gewusst.

Nach und nach kamen noch Toms Schwestern, die

eine mit Mann und Kind, der beste Freund von Tom und zu guter Letzt der vermeintliche Ehrengast Ludwig. Was für ein guter Junge, der seinem wiedergewonnenen Vater so ein Fest ausrichtete, Lotte war gerührt. Sie hoffte inständig, dass Ludwig das auch verdiente. Offenbar sollte sich die ganze Familie kennenlernen. Es knisterte ein wenig, zu fremd waren sich alle und Lotte hatte Angst, dass Leopold seinem Sohn nicht verzeihen würde. Er beäugte ihn misstrauisch und Ludwig wirkte verlegen.

Tom hatte Ludwig bereits Tage zuvor kennengelernt. Sie trafen sich in Mikis Beisl. Eine vertraute Umgebung war ihnen wichtig, die eigenen vier Wände sollten es aber diesmal nicht sein.

Ludwig hatte Miki ganz herzlich begrüßt, die Erleichterung, dass sein Sohn sein Versprechen, ihm seinen Freund vorzustellen, einhielt, war ihm deutlich anzusehen. Tom hatte Ludwig sichtlich kritisch angesehen und ihm reserviert die Hand gegeben. Im Laufe des Gesprächs war er aber mehr und mehr aufgetaut. Tom hatte eine gute Menschenkenntnis und er konnte sich gar nicht vorstellen, dass das dieser Ludwig sein sollte, der Miki so viel Kummer bereitet hatte. Ludwig klagte sich selbst an! Er gab ohne jeglichen Beschönigungsversuch zu, wie schrecklich dumm er sich verhalten hatte. Er hatte sich lange schon für Miki entschieden, war aber zu feige gewesen, sich zu melden. Er hatte Mikis Vergebung nie und nimmer erwartet und dass er in seiner Einsamkeit gefangen war, erschien ihm die gerechte Strafe für sein überzogenes Verhalten zu sein. Dass Miki sich nach ihm gesehnt hatte, hatte er in seinen kühnsten Träumen nicht zu hoffen gewagt. Erst das Wissen darum hatte ihn wachgerüttelt.

Sie saßen stundenlang zusammen, sprachen über alte und zukünftige Zeiten und versprachen sich mit Tränen in den Augen, sich gegenseitig nie wieder wehzutun. Keine Verletzungen mehr, keine Vorbehalte. Miki war glücklich und diesmal war er sich sicher, dass es richtig war. Sie würden wieder gemeinsame Wege gehen. Toms zuversichtlicher, liebevoller Blick gab ihm die letzte Sicherheit.

Tom und Miki baten alle zu Tisch, Ben und die zweijährige Johanna kugelten gemeinsam am Boden herum. Die Kleine gluckste vor Freude und kraulte Ben am Kopf. Der war wie immer die Gutmütigkeit in Person.

Jeder hatte sein Tischkärtchen gesichtet und so kamen Ludwig und Leopold nebeneinander zu sitzen.

Sie waren verlegen und kamen sich ein wenig fremd vor. Leopold war seinem Sohn das erste Mal seit Jahren wieder so nahe. Sie beide waren an diesem Tag nicht die Hauptpersonen und Leopold wollte Miki auf keinen Fall seine Freude trüben. Er würde sich ganz einfach Zeit lassen und von seinem Enkel lernen. Wenn Miki vergeben konnte, dann konnte er das auch.

Lotte nahm zwischen Leopold und Klara Platz. Toms Eltern saßen vis-à-vis. Für Tom und Miki war der Platz am Kopfende vorgesehen.

Es gab Kuchen, Kaffee und Tee und wie immer ihre selbst gemachte Zitronenlimonade. Tom stand auf, nahm sein Glas zur Hand und brachte es mit einer Kuchengabel zum Klingen. Er räusperte sich und hieß alle herzlich willkommen. Sie würden sich riesig freuen, dass alle ihrer Einladung nachgekommen seien. Dann stellte er seine Gäste den jeweils anderen vor. „Lotte, eine ganz liebe Freundin von uns, Ludwig, Mikis Vater, der endlich wieder zur Familie zurückgefunden hat, seine Schwestern Emma und Chiara, Chiaras Ehemann Gregor und Peter, sein bester Freund aus Kindertagen. Klara und Julia, meine zwei Herzensdamen", er zwinkerte. „Unterm Tisch, das sind Johanna und Ben", sagte er grinsend.

Dann wurde er ganz verlegen und wusste nicht recht, wie er mit der Sache herausrücken sollte. Seine Augen waren feucht. Lotte dachte, dass es eigentlich Mikis Aufgabe gewesen wäre, das verlorene Schaf wieder in die Herde einzugliedern. Julia, die offenbar eingeweiht war, stand auf, um etwas aus der Küche zu holen.

Und dann kam ganz unerwartet etwas völlig anderes aus Toms Mund, keine Willkommensrede für Ludwig.

„Miki und ich haben beschlossen zu heiraten! Ich hoffe, ihr freut euch alle mit uns." Kurz und bündig und es war heraus.

Lotte schaute blitzschnell zu Ludwig hinüber und der hatte doch tatsächlich Tränen in den Augen. Er war überrascht, aber seine Gesichtszüge waren sanft und sie war sich ganz sicher, dass er sich freute. Für einige Sekunden war es mucksmäuschenstill, dann klatschten und jubelten alle durcheinander. Sie standen auf und umarmten das zukünftige Brautpaar. Als das Tohuwabohu halbwegs beendet war und alle auf ihre Sitze zurückkehrt waren, erhob Ludwig das Glas und bat um Aufmerksamkeit. „Ich freue mich sehr für euch und wenn du, lieber Tom, meinem Michael die Sterne vom Himmel holst, dann will ich dich lieben wie einen zweiten Sohn, das verspreche ich. Ich bin euch sehr dankbar, dass ich mein Leben wieder mit euch teilen darf. Ich verspreche hoch und heilig, was immer auch kommen mag, ich werde das nie wieder aufs Spiel setzen. Lasst uns die Gläser auf euer Glück erheben!"

Sie prosteten sich zu und begannen unbekümmert und angeregt zu plaudern. Niemand hier, wirklich niemand hier im Raum missgönnte den beiden ihr Glück und bestimmt keiner unter ihnen fand irgendetwas Seltsames daran.

Ludwig hatte sich auch an Leopold gewandt, um ihm zuzuprosten und ihm damit ein kleines Zeichen der Aussöhnung abzuringen. Ein zaghaftes Lächeln um die Lippen seines Vaters signalisierte ihm erste Bereitschaft, Frieden zu schließen.

Julia hatte mittlerweile zum Sekt hübsch verzierte Blätterteigbuchstaben herumgereicht, die verschlunge-nen Initialen von Miki und Tom, die auf kleinen Holzstäbchen aufgespießt waren. Tom hatte sich hierfür alle Mühe gegeben. Miki und Tom schwebten durch den Raum, umarmten einen nach dem anderen und ließen sich feiern. Sie waren glücklich.

Dann erzählten sie ausführlich von ihren Plänen.

Es sollte ein kleines Fest unter freiem Himmel geben. Sie wollten ein Schiff chartern und sich darauf das Jawort geben. Die engste Familie und ein paar lieb gewonnene Freunde sollten dabei sein. Sie hatten den 28. Juli ausgesucht, weil es für sie eine besondere, magische Zahl war. Miki erklärte irgendeinen Zusammenhang zwischen Neutronen und Protonen, der ihn als Physiker wohl faszinierte. Lotte verstand das nicht, aber es war ihr auch egal. Dass sie ihnen alles Glück der Welt wünschte, war sowieso klar, dazu brauchte es keine magische Zahl.

Als sich die Gemüter ein wenig beruhigt hatten, fragte Toms Vater, ob sie auch eine Hochzeitsreise geplant hätten. „Wir haben tatsächlich ein erklärtes Ziel, aber die Reisekasse ist noch nicht so weit", grinste Miki. „Wohin soll es denn gehen?" Und dann platzte die Bombe, in Lottes Ohren begann es fürchterlich zu sausen, wie nach einem riesigen Knall. Sie hatte das Gefühl, als würde ihr der Boden unter den Füßen weggezogen werden. Australien. Sie musste sich verhört haben, ihr eigenes Begehren musste ihr einen Streich gespielt haben.

Sie sah auf und ihr Blick traf sich mit dem von Miki. Seine Augenbrauen schienen fragend hochgezogen zu sein. Es dauerte eine gefühlte Ewigkeit, bis Lotte es richtig deutete. Sie konnte, wenn sie wollte, mit Miki und Tom in den Flieger steigen, da war sie sich ganz sicher. Miki kam zu Lotte und sagte: „Das wäre deine Chance, Lotte, wenn du willst, bringen wir dich zu Lisa."

Lotte wusste gar nicht, wie ihr geschah, wessen besonderer Tag war das heute hier? Sie brachte kein Wort heraus. Ihr war ganz heiß geworden und ihr Puls klopfte an der Stirn, so heftig, dass sie fürchtete, ihr Kopf würde zerplatzen. Miki drückte sie an sich und begann sie zu wiegen, sanft und beruhigend. In diesem Augenblick wusste Lotte, sie würde das schaffen. Ihr Traum würde Wirklichkeit werden.

Mikis Vater bat noch einmal um Gehör. „Wenn ich vieles in meinem Leben falsch gemacht habe und ich auch weiß, dass man mit Geld gar nichts richten kann, dann habe ich trotzdem vorweg schon ein Geschenk für euch beide! Macht euch bitte keine Sorge um die Reisekasse, wenn ihr es mir erlaubt, werde ich sie gerne reichlich auffüllen für euch." Tosender Applaus brandete auf und alles Zieren half nichts, es war beschlossene Sache.

Ludwig war wieder mit ganzem Herzen bei seinem Sohn. Miki und Tom bedankten sich überschwänglich und vollführten einen Freudentanz. Leopold warf Ludwig einen wohlwollenden Blick zu, er erkannte in diesem Augenblick seinen Sohn wieder. Die Sanftheit, die in seiner Stimme lag, und die Wärme, die seine Augen ausstrahlten, waren ehrlich, da war sich Leopold ganz sicher. Das war der alte Ludwig, der sich früher so liebevoll um seinen Sohn gekümmert hatte. Verzeihen war schwer, aber sie würden das schaffen, da war er sich mit einem Mal ganz sicher. Schon alleine Miki und Tom zuliebe.

Im Laufe des Abends machten Leopold und Ludwig weitere kleine Annäherungsversuche und es fühlte sich gar nicht so schlecht an.

Es schien, als würde an diesem Tag alles wieder in die richtige Bahn geraten.

35

Lotte schwebte auf Wolke sieben, nicht nur weil sie an diesem Tag mit Julia unterwegs sein wollte, nein, sie war von den Ereignissen des Vortages noch ganz euphorisch.

Gleich am Morgen überfiel sie Hilde und Hans mit den Neuigkeiten.

Hilde wollte wissen, wie denn das ginge vor dem Gesetz mit zwei Männern, die sich verheiraten wollen. Prinzipiell war sie auch für leben und leben lassen, aber das konnte sie sich irgendwie nicht richtig vorstellen. „Es ist eine Art eingetragene Partnerschaft." Lotte hatte das bis zum Vortag auch nicht gewusst. Sie erzählte ihnen von dem schönen Fest und vom wiederge-fundenen Vater. Hans und Hilde waren begeistert, als Lotte ihnen von dem Brief erzählte, den sie an Mikis Vater geschrieben hatte.

Wie einfach doch die Dinge manchmal waren. Überhaupt wäre die Welt viel schöner, wenn sich die Menschen nicht dauernd selbst im Weg stünden.

„Und jetzt kommt das Beste." – „Noch was?" Lotte platzte fast vor Übereifer, ihre Backen waren ganz rot vor Aufregung.

„Wisst ihr, wohin sie ihre Hochzeitsreise führen wird?" Woher hätten Hans und Hilde das wissen sollen, Lotte zuliebe spielten sie ein bisschen mit. „Paris", mutmaßte Hilde. Hans war für die Karibik. „Nein, sie fliegen nach Australien und nehmen mich mit! Könnt ihr euch das vorstellen, sie bringen mich zu Lisa!"

„Das ist ja großartig, Lotte!" Hilde stand auf und drückte Lotte ganz fest, Hans saß mit offenem Mund da. „Wirst du dich denn endlich in den verdammten Flieger trauen?" Lotte war sich diesmal ganz sicher. Das war ihre einzige und letzte Chance und gemeinsam mit Miki und Tom würde sie es meistern. Sie würde das nicht verpatzen.

Sie überlegte laut, ob sie es noch an diesem Tag ihrer Lisa erzählen sollte. Sie wollte sich festlegen, damit es ja kein Entrinnen mehr gab für sie, es war Nachmittag in Australien. Lisa würde bestimmt in der Arbeit sein, der Zeitpunkt war nicht ideal. Lotte vertagte ihr Vorhaben.

Sie ging auf ihr Zimmer, um sich wieder einmal mit ihrer Liste zu beschäftigen, die gestrigen Fotos wollten in die Diashow eingeflickt werden. Auch die Bilder vom umgarnten Garten hatte sie noch nicht durchgesehen. Es war eine willkommene Abwechslung, die Zeit bis zu Julias Dienstschluss zu überbrücken.

Als sie die Liste hervorholte, fiel ihr Blick wieder auf die Skizze für ihr Tattoo.

Sie überlegte, vielleicht doch noch eine unauffälligere Stelle auszusuchen, eine, die sie jederzeit bedeckt halten konnte. Aber was nützte es ihr, wenn ihr Blick nicht ständig darauf ruhen konnte, wann immer sie auch Sehnsucht hatte nach den dreien? Was würden die Alten sagen, was die Heimleitung, würde Julia gar Schwierigkeiten bekommen?

Die Zweifel zerfraßen Lotte so kurz vor dem Ziel. Ja. Nein. Ja. Nein. Ja. Früher als Kinder hatten sie immer das Gänseblümchenorakel befragt. Sie hatten die Blütenblätter abgerupft, um dabei alle möglichen Antworten zu erfragen. Lotte wusste einfach nicht, was sie wollte.

Sie hatte sich noch immer nicht damit angefreundet, dass es nicht nur für sie selbst sichtbar wäre.

Sie dachte an die Zeit mit Georg zurück und daran, wie wichtig es ihr immer erschien, was die anderen dachten. Damit war ein für alle Mal Schluss, das hatte sich Lotte doch hoch und heilig geschworen. Sie würde dazu stehen, da war sie sich ganz sicher, ein Rückzieher war jetzt undenkbar. Klara hin oder her.

Es war vielleicht gut, jetzt nicht mit Lisa zu skypen. Lisa würde ganz sicher wieder zu Liz mutieren, wenn sie diesbezüglich auch nur die geringste Witterung aufnahm. Und Lisa hatte einen Riecher dafür, wenn sie irgendetwas vor ihr verbergen wollte. So viele Tausend Kilometer konnten sie gar nicht getrennt sein voneinander, dass ihr besonderer Draht zueinander nicht mehr funktioniert hätte, Ozean hin oder her. Sie legte das Blatt zur Seite, ehe sie sich auch noch Gedanken darüber machte, wie schmerzhaft es sein würde.

Als sie die Fotos vom Vortag noch einmal über die Liste flimmern ließ, wurde es ihr warm ums Herz. Miki und Tom waren so wunderbar. Sie gönnte ihnen jeden Funken Glück auf Erden. Sie wusste, dass es nicht leicht sein würde für die beiden, sich vor jeglicher Art von Anfeindungen und Unverständnis zu schützen. Lotte war bereit, alles Erdenkliche dazu beizutragen, Miki und Tom auf ihrem Weg zu unterstützen. Sie hatte so etwas wie eine zweite Familie dazubekommen. Dass sie ihre beiden Familien schon in wenigen Monaten zusammenführen würde, war überhaupt das Größte für sie.

Fast hätte Lotte vergessen, ihre Liste diesbezüglich zu korrigieren. „~~Austr~~alien, AUSTRALIEN!" Sie schrieb es mit einem derartigen Hochgefühl, dass sie wieder ganz rote Wangen bekam vor Aufregung. Nicht eine einzige Sekunde lang mochte sie jetzt noch daran denken, dass ihr das Fliegen an sich noch alles versauen könnte.

„Lotte schafft das", schrieb sie und suchte einen dicken fetten Flieger für ihre Anmerkung aus. Dann fügte sie noch zwei Jungs dazu.

Lotte wollte nicht zum Mittagessen gehen. Sie war zu nervös. Sie bereitete sich ein Käsebrot zu und nahm sich einen Apfel. Eine leichte Mahlzeit, so könnte es ihr später auch nicht übel werden, wenn aus der Besprechung doch mehr werden sollte als eben nur eine Besprechung. Es war dann sicher besser, wenn ihr Magen nicht so belastet war.

Sie legte ihre Beine hoch und entspannte sich ein wenig vor dem Fernseher. Das, was sie früher Lisa diesbezüglich immer gepredigt hatte, galt nicht mehr. Es war nicht mehr wichtig, die ganze Familie für die Mahlzeit um den Tisch zu versammeln. Die ganze Familie war eben nur mehr Lotte. Fast spürte sie ein wenig Wehmut aufkommen. Sie hatte sich immer ein übervolles Haus vorgestellt, wo die Enkel gerne ein- und ausgingen und wo sie mit Georg zufrieden alt wurde. Sie wollte für ihr Kind da sein, es unterstützen, helfen, die Enkel großzuziehen, sie in den Kindergarten oder die Schule bringen und mit auf Urlaub nehmen. Jetzt saß sie da, ohne Manieren mit dem Essen vor dem Fernseher und konnte nur davon träumen, gebraucht zu werden.

Lotte wollte nicht Trübsal blasen und nicht ungerecht sein. Ihr Leben war schön, das hatten ihr gerade die letzten Wochen gezeigt. Das Schicksal meinte es gut mit ihr und sie war sicher, es würde es in naher Zukunft noch besser mit ihr meinen.

Als es an der Tür klopfte, schrak Lotte auf, sie musste kurz eingenickt sein. Julia war schon mit ihrer Arbeit fertig. „Auf geht's, Lotte, oder kneifst du?" Lotte hatte nicht mehr vor zu kneifen, sie war mit einem Mal wild entschlossen. „Entschuldige, Julia, jetzt bin ich doch glatt eingeschlafen, da kannst du sehen, wie gechillt ich bin." Sie sagte es mit einem breiten Grinsen im Gesicht. Gechillt war Julias absolutes Lieblingswort. Sie machte sich rasch fertig, nahm ihre Tasche, den Entwurf und war bereit. „Ehe ich es mir doch noch einmal anders überlege", scherzte sie halbherzig.

Sie nahmen wieder Julias giftgrünen Wagen. Lotte musste einmal daran denken, ihr fürs Chauffieren etwas zuzustecken. Julia drehte die Musik laut auf und sang übermütig mit.

Lotte stimmte mit ein. Julia hatte noch nie verstanden, was so eine taffe Person wie Lotte im Haus des Lebens zu suchen hatte.

36

Julia und Lotte erreichten ihr Ziel, was im aufkeimenden Abendverkehr gar nicht so einfach war. Der Grüne Berg war zu jeder Tageszeit für einen Stau gut. Lotte machte sich Sorgen, sie könnten zu spät kommen. „Keine Sorge, solche Läden schließen nicht um achtzehn Uhr", beruhigte Julia sie.

Sie kamen in die Nähe von Schönbrunn. Auf der Schönbrunner Straße suchte Julia einen Parkplatz.

Als sie näher kamen, war Lotte überrascht. Sie hatte sich ein dunkles, ein wenig verruchtes Ladenportal vorgestellt. Stattdessen standen sie vor einem schicken kleinen Laden. „Happy Needles" stand über der Tür. In der Auslage standen drei Stoffschneiderpuppen mit aufgeklebten Motiven. Es wirkte einladend, hell und freundlich. Sie traten ein und die nächste Überraschung wartete auf Lotte. Eine junge Frau mit langen blonden Haaren kam aus dem hinteren Bereich des Geschäftes und begrüßte sie herzlich. „Sie sind also besagte Lotte. Julia hat mir schon viel von Ihnen erzählt, ich freue mich sehr. Ich bin Monika." Monika hielt ihr die Hand zum Gruß hin. Ihr rechter Arm war von oben bis unten tätowiert.

Lotte blieb der Mund offen stehen, sie hatte sich immer einen Mann vorgestellt. Keine zierliche Frau mit weicher Stimme und der Ausstrahlung eines Engels.

Auch drinnen wirkte alles sehr schön und sauber, es war weiß ausgemalt und an den Wänden hingen Bilder mit altbekannten Märchen. Es wirkte eher wie im

Warteraum eines kunstsinnigen Arztes, vom lieder-lichen Rockerladen fehlte jede Spur. Eine Sitzecke und ein übervolles Regal mit Motivmappen rundeten das Ganze ab. Im Hinterzimmer, in das Monika Lotte gebeten hatte, stand eine Untersuchungsliege, welche sie in der Art auch nur vom Arzt kannte. Wieder war alles voll mit Bildern. In der Mitte thronte ein Hirschgeweih, an der Decke ein wunderschöner Kristallluster. Lotte war überwältigt. Die Atmosphäre war so angenehm, dass sie ganz ruhig wurde. Monika noch dazu, ein echter Gewinn, sie duftete nach Rosen.

„Möchtest du dir noch etwas ansehen, Lotte?" Für Monika war das vertraute Du selbstverständlich und Lotte war in diesen Dingen sowieso weltoffen. Lotte hatte gar nicht an die Möglichkeit gedacht, dass sie auch noch etwas anderes aussuchen könnte. Sie war nervös.

Monika servierte Tee und Kekse und legte ihr einige Mappen mit den unterschiedlichsten Schriftarten, Herzen und Herzlinien vor. Die Richtung schien klar. Lotte blätterte ein wenig.

Dann aber zog Monika das Ass aus dem Ärmel. Sie hatte Julias Entwurf bereits künstlerisch aufbereitet. Das Herz war rot, alles andere schwarz. Auch daran hatte Lotte nicht gedacht. Ein buntes, lebendiges Lebenszeichen. Ein rotes Herz für ihre Lieben. Sie wollte nichts anderes mehr, sie hatte nur mehr Augen für dieses wunderschöne Kunstwerk. Monikas rechter Arm war grazil und prachtvoll verziert und obwohl sie das unmöglich selbst gemacht haben konnte, erweckte sie dadurch Lottes vollstes Zutrauen.

Sie konnte ihren Blick nicht mehr von ihrem Tattoo abwenden. „Wenn du magst, zeichne ich dir das einmal mit abwaschbarer Tinte auf deinen Arm. Dann kannst du dir das noch einmal ganz genau überlegen." Lotte war erleichtert, vorzeichnen klang gut! In ihrem Hinterkopf machte sich schon wieder Klara breit … „Sei nicht albern, Lotte."

Lotte nahm Platz, legte bequem ihre Füße hoch und Monika begann mit dem Glanzstück. Sie war jetzt einigermaßen entspannt.

Mit geschickten Fingern arbeitete Monika sorgfältig und flink vor sich hin. Sie erzählte dabei gut gelaunt von ihrem ältesten Kunden, einem Mann, der mit achtzig Jahren seine verstorbene Frau auf seinem Rücken verewigen ließ. Achtzig Jahre, davon war Lotte noch Lichtjahre entfernt! Lotte konnte nichts sehen, nur den stattlichen Kristallluster über sich. Sie war ganz andächtig und ihr Herz hüpfte vor Aufregung. Sie kam sich vor wie die Hauptdarstellerin in einem Film. Monika und Julia würden ganz bestimmt als beste Nebendarstellerinnen für eine Romy nominiert werden.

Es kitzelte auf ihrem Arm und sie hatte Angst, alles zu verwackeln. Julia überwachte alles: „Sehr schön wird das, Lotte." Als sie endlich so weit war, durfte auch Lotte schauen. Eine kleine Ewigkeit brachte sie gar nichts heraus. Dann flossen Tränen. Monika war geschockt. „Bitte nicht weinen, Lotte, das lässt sich ja jederzeit wieder wegwischen." Sie hatte Lottes Reaktion völlig falsch gedeutet.

„Und das ist ganz und gar schade", brachte Lotte

jetzt hervor. „Es ist so wunderschön, wie ich mir das niemals erträumt hätte." Monika und Julia waren erleichtert.

„Wann können wir das für immer machen?" Alle Zweifel waren mit einem Mal wie weggewischt. Das Gänseblümchenorakel hatte mit einem klaren Ja geantwortet. Monika schlug vor, sie solle es einmal überschlafen und überdenken, die Reaktion der anderen abwarten und dann entscheiden. Lotte wollte jetzt nicht warten, sie wollte sich nicht noch einmal verunsichern lassen. Was, wenn Klara wieder ihr Missfallen äußern würde? Jetzt war guter Rat teuer, sie blickte hilfesuchend zu Julia. „Was meinst du?"

Julia wollte Lotte zu nichts überreden. „Wenn du willst, nehmen wir Monikas Vorschlag an, es wird ein paar Tage halten, denke ich, und wann immer du willst, bringe ich dich wieder hierher."

Lotte saß der Schalk im Nacken, es konnte ja auch ganz lustig werden, die anderen so zu täuschen. Außerdem war es ihr wichtig, was Miki dazu sagen würden. So konnte sie es immer noch ungeschehen machen. Sie willigte ein und bedankte sich überschwänglich bei Monika für ihre wunderbare Arbeit. Julia hatte sie wirklich zu einer Meisterin ihres Handwerkes gebracht.

Am Nachhauseweg bedankte sie sich bei Julia, dass sie schon alles so gut vorbereitet hatte. Sie war einfach unbezahlbar lieb. Lotte konnte ihren Arm gar nicht entspannt ablegen, unentwegt musste sie darauf starren.

Sie musste das nicht mehr überschlafen, ihre Entscheidung war längst gefallen und nichts und niemand konnte sie jetzt noch davon abbringen. Weder Klara noch Liz, die ja im Übrigen noch nicht einmal etwas davon wusste.

37

Miki verbrachte den Tag zu Hause. Er hatte sich vorgenommen, noch diese Woche mit dem Schreiben seiner Doktorarbeit fertig zu werden. Irgendwie spürte er die Strapazen der letzten Tage. Die samstägliche Arbeit im Baumarkt war hektisch und lang. Der Frühling zog ins Land und lockte die Heimwerker in Scharen an.

Die Anspannung vom Sonntag war auch nicht spurlos an ihm vorübergegangen. Das Fest war wunderschön. Er war sich auch fast sicher gewesen, dass es so laufen würde, nur dem Faktor Vater vertraute er noch nicht ganz. Nach dem gestrigen Tag war er aber überzeugt davon, dass Ludwig es ehrlich meinte mit seiner Versöhnung. Er konnte Lotte gar nicht genug danken für den Brief, den sie geschrieben hatte. Lotte hatte das Herz am richtigen Fleck.

Dass Ludwig sich dann auch noch hinsichtlich ihrer Hochzeitsreise so spendabel gezeigt hatte, war doppeltes Glück. Jetzt konnte er sich entspannt auf den Abschluss seines Studiums und die Planung der Hochzeit freuen, er überlegte sogar, seinen Aushilfsjob im Baumarkt aufzugeben.

Mikis Telefon läutete, Lotte war dran. „Miki, hast du vielleicht heute kurz Zeit für mich? Ich muss dir unbedingt etwas zeigen." Lotte schien ganz aufgeregt zu sein, sie machte Miki neugierig. „In unserer Stammkneipe auf einen Tee für mich und einen kleinen

Mokka für dich?"

Miki wollte sich zwar diese Woche durch nichts ablenken lassen, aber Lotte wollte er diesen Wunsch auf keinen Fall abschlagen. Zu wichtig war sie ihm mittlerweile geworden. Wahrscheinlich brauchte sie Hilfe bei der Liste. Er sagte zu und sie vereinbarten den frühen Nachmittag für ein Treffen. Er hatte es Lotte zu verdanken, dass sein Leben wieder geordnet schien.

Miki dachte zurück an seine Kindheit. Seine Mutter war bei einem Autounfall gestorben, als er drei war. Ludwig war damals am Boden zerstört und wenn Miki nicht gewesen wäre, wer weiß, was dann passiert wäre. So aber stürzte er sich mit seiner ganzen Lebensenergie in die Erziehung seines Sohnes. Den mütterlichen Part übernahm Oma Sophie. Ludwig hatte sich Mikis Wissen nach nie wieder für eine andere Frau interessiert, keine konnte der Liebe seines Lebens auch nur annähernd das Wasser reichen. Wann immer es wichtige Entscheidungen oder ein Fest zu feiern gab, pilgerten sie deshalb auch an ihr Grab und ließen sie an ihrem Leben teilhaben. Miki hatte so gelernt, mit seiner verstorbenen Mutter alles Erdenkliche zu besprechen. So wie andere eben zu Gott beteten und alles Mögliche erbaten, hielt er sich immer an seine Mutter. Wenn er so nachdachte, war er fast sicher, dass sie ihm Lotte geschickt hatte und dadurch auch wieder seinen Vater zu ihm zurückgebracht hatte. Die harten Lehrjahre, die er durchleiden musste, verstand er nicht.

Das Aufwachsen mit dem Vater allein gab ihm auch die Sicherheit, dass er selbst auch ein Kind lieben und großziehen könnte, ohne es irgendeiner Prägung auszusetzen durch die etwas andere Art der Liebe, die er und Tom ihm vorleben würden. Schließlich war Miki selbst davon überzeugt, dass man sich dafür nicht einfach entscheidet, sondern dass es eine Laune der Natur war.

Den mütterlichen Part bei ihrem Kind würden dann Toms Mutter und seine Schwestern mit großer Freude übernehmen, vielleicht auch Lotte ein wenig.

Ihre Vorstellungen für die Zukunft waren ganz konkret und Schritt für Schritt kamen sie ihnen ein Stückchen näher. Als Tom um seine Hand angehalten hatte, war er überglücklich.

Was für eine unglaubliche Überraschung das war. Direkt vor seiner Bäckerei hatte Tom eine Plakatfläche angemietet.

„Willst du mich heiraten, mein Schatz?
In Liebe
dein Tom."

Er wollte es ganz öffentlich machen. Als Mikis Blick drauf fiel, war er wie vom Donner gerührt. Er wusste gleich, dass es ihm galt. Tränen des Glücks rollten über seine Wangen. Da stand Tom schon hinter ihm, umarmte ihn stürmisch und sie küssten sich. Das taten sie sonst nie in aller Öffentlichkeit, aber in diesem Augenblick schien die Welt rund um sie zu versinken.

„Ja", rief Miki, nachdem er wieder Luft bekam. Am nächsten Tag hatte er es sicherheitshalber noch mit einem roten Stift darunter geschrieben.

Sie waren eine Einheit und sie waren sich sicher, den Rest ihres Lebens miteinander verbringen zu wollen. Ein magischer Kern. Gemeinsam konnte ihnen niemand etwas anhaben. Miki, der Sensible, und Tom, der Beschützer. Sie gaben sich gegenseitig so viel, dass Miki wieder begann, an das Leben zu glauben. Mit oder ohne Ludwig, das war ihm, nachdem er Tom gefunden hatte, egal.

Miki legte seine Unterlagen zur Seite. Er hatte keinen Kopf für seine Arbeit. Er beschloss, Tom in der Mittagspause zu besuchen und dort eine Kleinigkeit zu essen, bevor er Lotte traf. Er hatte plötzlich Sehnsucht nach seiner Nähe.

Tom war ebenfalls neugierig, was Lotte so Dringendes wollte. „Die Liste", meinte Miki, Tom meinte augenzwinkernd: „Vielleicht auch wegen der Reise."

Tom hatte gute Neuigkeiten, er hatte vielleicht eine Vertretung gefunden. Ein Freund hatte ihm einen Kollegen vermittelt, der derzeit eine Umschulung zum Ergotherapeuten machte. Im August habe er aber unterrichtsfrei und er könnte sich durchaus vorstellen, sich vorübergehend noch einmal für seinen alten Beruf zu erwärmen. Tom wollte ihn demnächst treffen, um Details zu besprechen. Miki war begeistert und erleichtert, er wusste um die Sorge Toms. Das Geschäft für einen Monat einfach zuzusperren, könnte fatal enden. Wer weiß, wie die Kunden sich verlaufen würden. Zurzeit fügten sich alle Teile ganz einfach zusammen, wie bei einem großen Puzzle.

Als Miki sich gestärkt hatte und Tom den Laden wieder aufschließen musste, machte er sich auf den Weg zu Lotte.

Als er ins Café kam, saß sie schon an ihrem Tisch. „Hi Miki." Sie winkte ihm übermütig zu. Lotte war bestens gelaunt.

Miki küsste sie auf die Wange und setzte sich neben sie. Die Liste lag nicht am Tisch.

Lotte bedankte sich noch einmal für den schönen gestrigen Tag. Miki ahnte, dass das nicht der Grund ihres Treffens war. „Hast du Fragen zur Liste?" Lotte druckste herum. „Ja", sagte sie dann halbherzig, „ich möchte Lisa mit einer Diashow überraschen. Kannst du dir das mal ansehen?" Sie holte die Liste aus der Tasche.

Sie war nicht richtig bei der Sache, irgendetwas lag ihr am Herzen. Die Hochzeit, die Reise, ihre Flugangst, Miki ging im Kopf alles durch. „Lotte, das geht leider nicht mit der Liste. Ich müsste deine Fotos auf meinen Computer überspielen und dann auf einem USB-Stick abspeichern." Lotte wusste mittlerweile, was ein USB-Stick war. „Den könntest du dann Lisa schicken." Miki wusste, dass Lotte ihre Liste nicht gerne aus der Hand gab. Wir können das gerne gemeinsam machen bei mir zu Hause. Lotte fand die Idee ganz gut, sie könnte dann noch ein paar Kleinigkeiten dazupacken und wieder ein Geschenk um die Welt schicken.

Lotte wetzte unruhig herum, sie kam sich jetzt ein wenig kindisch vor. Sie wusste nicht genau, wie sie es

Miki zeigen sollte. Aber seine Meinung war ihr unendlich wichtig. Sie war sonst immer sehr direkt. Plötzlich hatte sie Angst davor. Es war für sie wie ein Spiegel ihrer Persönlichkeit. In ihrem Alter folgte man schließlich nicht mehr nur einem Mainstream. Aber Miki gegenüber hatte sie schon mit der Liste so viel von sich offenbart, da war das jetzt auch schon egal.

Sie zog einfach den Ärmel hoch und hielt Miki ihren Arm unter die Nase. Mit allem hätte Miki gerechnet, aber mit einem Tattoo an Lottes Handgelenk am allerwenigsten. Er wusste gar nicht, was er sagen sollte. Es war wunderschön und er wusste gleich, wofür es stand. Wie fein ihre Haut noch war für ihr Alter. Für Lotte wurden die Sekunden zu Stunden. Wie würde sie sich entscheiden, wenn Miki ablehnend reagieren würde?

„Es ist wunderschön", erlöste er Lotte. „Du bist wirklich einzigartig." Miki konnte ermessen, wie wichtig es ihr war. Er wusste ja schon von der Liste, dass es zu Lottes geheimen Wünschen gehörte, es stand gleich vor Theo und er hatte es nicht überlesen. Er umarmte sie. „Jetzt hast du deine Familie ein Stück näher bei dir." Lotte war so befreit, dass ihr eine Träne über die Wange rollte. Miki war so sensibel, er hätte sie nicht glücklicher machen können.

„War es sehr schmerzhaft?" Lotte lachte hell auf, dann gestand sie, dass es nur eine Zeichnung war, um sicherzugehen, dass sie es nicht bereuen würde. „Es ist großartig, Lotte, du solltest es unbedingt fix machen. Wenn ich eines im Leben gelernt habe, dann dass es nicht bedeutsam ist, was die anderen über dich denken. Das macht dich nicht glücklich. Du allein musst es fühlen und dahinterstehen."

Lotte holte tief Luft. Sie wäre am liebsten durch das ganze Café getanzt. Sie fühlte sich nicht mehr wie eine törichte Alte. Ihr Entschluss stand unauslöschlich fest, obwohl sie sich sicher war, von Liz noch eine Standpauke zu erhalten. Sollte sie ihr etwa gar nichts sagen? Immer wieder schob Lotte das vor sich her.

38

Am Abend freute sie sich schon auf die Reaktion von Hilde und Hans. Lotte hatte ihnen nicht erzählt, dass ihr verrückter Traum schon in die Tat umgesetzt war. Oder zumindest fast.

Sie war die Erste, die am Tisch saß. Hilde und Hans kamen gemeinsam. Sie kicherten wie Teenager, die etwas zu verbergen hatten. War Lotte nicht auf dem Laufenden? Sie war neugierig. Hilde konnte mit Neuigkeiten ohnehin nie lange hinterm Berg halten. „Lotte, du musst heute unbedingt noch einen Abendspaziergang machen mit uns", sprudelte es auch schon aus ihr heraus. Wir haben im Garten weitergemacht. Es ist alles so schön. Hans hat mir wieder geholfen.

Hans grinste und murmelte etwas von „selbst bald zum Stricken anfangen".

Lotte war schon ganz unruhig, sie konnte es nicht länger zurückhalten. „Wenn wir schon bei unseren Lebensträumen sind, ich muss euch da auch etwas zeigen."

Hilde und Hans wussten sofort, was sie meinte. Sie waren auf einmal mucksmäuschenstill. Lotte machte es spannend. Dann endlich zog sie langsam den Ärmel ihrer Weste hoch.

Die beiden betrachteten eingehend und lange ihren Arm. Hans war auch überrascht, wie wenig faltig Lottes Haut doch war. Ganz genau wie Miki sagten sie eine gefühlte Ewigkeit lang gar nichts. Hilde war die Erste.

„Es ist ein Kunstwerk, so fein und schön. Ich hätte nicht gedacht, dass ich es an dir mögen würde, es ist so makellos. Als wäre es immer schon da." Auch Hans gefiel es. „Lotte, du bist ein Hit, dass du dich das getraut hast, verdient meinen Respekt." Hans hatte schon Angst, wenn er beim Arzt eine Spritze bekam. Jetzt gestand Lotte auch den beiden, dass es nur ein Entwurf war, sozusagen jederzeit abwaschbar. „Es ist wirklich ästhetisch und keinesfalls fehl am Platz. Deine Haut ist so jung geblieben, dass du dir das erlauben kannst. Mach es einfach richtig." Hans war zwar etwas mulmig zumute bei dem Gedanken an die Schmerzen, aber Lotte schien das nichts auszumachen.

Lotte war erleichtert, die Meinung ihrer Freunde war ihr wichtig, auch wenn ihr Entschluss mittlerweile feststand. Sie hatte sich nun auch endgültig dazu entschieden, Lisa gar nicht mehr um ihre Meinung zu fragen. Wenn sie es dann bei ihrem Besuch entdecken würde, würde die Wiedersehensfreude überwiegen und sie würde darüber bestimmt vergessen, sie zu tadeln. Die Enkel würden es vielleicht sogar cool finden, wenn ihre Granny so mit der Zeit ging.

Hans schlug vor, ausnahmsweise einmal Wein zu bestellen, um Hilde und Lotte zu feiern. In seltenen Fällen durften sie das. Sie erhoben ihre Gläser und prosteten sich zu. „Auf das Leben vor dem Tod", sagte Hans spitzbübisch.

Als sie mit dem Essen fertig waren, gingen sie gemeinsam in den Garten. Hilde hatte zwei weitere Schafe eingekleidet und das Geländer der Behindertenrampe verziert. Alles schien so fröhlich im Schein der Laternen. Es war wirklich einzigartig. Die Heimleitung war so angetan von der Sache, dass sie Hildes Werk bei dem Kunstprojekt „Siebzig plus" angemeldet hatte. Nächste Woche würde ein Mitglied der Jury vorbeikommen und schauen, ob Hildes Arbeit auch preistauglich war und in die Auswahl mit aufgenommen werden konnte. Bis dahin wollte Hilde noch dem einen oder anderen Baum eine persönliche Note verleihen und ein Konzept mit weiteren Ideen ausarbeiten. Hans' Schirmherrschaft war ihr wichtig, überhaupt hatte Lotte das Gefühl, dass die zwei sich nähergekommen waren.

Lotte hatte Hilde noch nie so selig gesehen. Das Glück stand ihr ins Gesicht geschrieben und sie wirkte frischer und jünger als in den letzten Monaten. Es war, als wäre sie hinter ihren Wollbergen hervorgekrochen, um große Taten zu vollbringen.

Sie setzten sich auf die Bank, es war einer der ersten lauen Abende.

Hans erzählte ihnen jetzt auch noch von seinem Sohn. Wenn er sich an den Plan der Schuldnerberatung halten würde, würde er noch einmal mit einem blauen Auge davonkommen. Er hatte riesiges Glück und durch die Netzwerke, die Hans zu seinen aktiven Zeiten geknüpft hatte, einen gut dotierten Posten gefunden. Hans, ein Hofrat in Ruhe, war einst ein ehrwürdiger hoher Beamter im Justizministerium gewesen. Er hatte über all die Jahre seine Kontakte und Freundschaften gepflegt und das kam jetzt dem Junior zugute. So konnte er wahrscheinlich das Haus halten und in einigen Jahren wieder unbeschwert und schuldenfrei leben. Hans junior war ihm sehr dankbar dafür und gelobte Besserung im Umgang mit dem lieben Geld und seinem Vater. Man konnte nur hoffen, dass dem auch so war.

Jedenfalls waren die drei Alten rundum zufrieden mit sich und der Welt. Dass sie dem Haus des Lebens ihre Freundschaft verdankten, versöhnte sie auch immer mehr mit dem Gedanken, hier gelandet zu sein. Hans und Hilde waren sowieso schon immer zufrieden gewesen damit.

Lotte wollte noch an diesem Abend mit Lisa skypen. Sie wollte ihr die großartigen Nachrichten überbringen. Sie musste schließlich auch noch anfragen, ob sie denn den ganzen August willkommen wäre. Wenn sie mit Miki und Tom reisen wollte, war sie nicht flexibel und weiß Gott, vielleicht hatten die Kinder in den Ferien schon andere Pläne. Wenn alles glatt ging, wollten sie nächste Woche ihre Tickets buchen.

39

Lisa wohnte in Manly, einem Vorort von Sydney. Ein traumhaft schöner Flecken, wie Lotte von vielen Fotos und Erzählungen wusste. Sie konnte sich noch gut an die erste Ansichtskarte erinnern, die sie von Lisa bekommen hatte. Es war ein Spruch vom Hafen. „Seven Miles from Sydney, Thousand Miles from care" stand darauf. Lotte hatte damals mit einem roten Stift „und 10000 Meilen von zu Hause!!!!" ergänzt. Es hatte sie unendlich traurig gemacht.

Lisa ließ sie immer sehr lebendig an ihrem Leben teilhaben. Sie schilderte ihre neue Heimat in den rosigsten Farben. Manly war eine Halbinsel, umgeben vom Meer mit herrlichen Stränden und lebhafter Infrastruktur. Lisa fuhr nicht mit dem Auto, sondern mit der Personenfähre zur Arbeit. Keine Parkplatzsuche, kein Stau, sie fand das einfach herrlich. Manchmal erzählte sie ihr so farbig davon, dass Lotte selbst glaubte, die frische Seeluft riechen und einem Delfin beim Schwimmen zusehen zu können.

Jim unterrichtete in Manly auf einem College und Lisa fuhr dreimal in der Woche ins Krankenhaus nach Sydney. Die Schule der Jungs war praktisch ums Eck. Lotte freute sich riesig darauf, das jetzt endlich einmal mit ihren eigenen Augen sehen zu können.

Lotte hatte ihre Liste schon rege erweitert. Sie sammelte Ideen, was sie denn alles mitbringen könnte und was sie auf ihrer Reise so alles brauchen würde. In letzter Zeit hatte sie begonnen, sich einige Informationen aus dem Internet zu holen. Julia hatte ihr gezeigt, wie das ging. Sie hatte ihr auch erklärt, wie man ein Lesezeichen setzen oder ein Foto von einer bestimmten Seite anfertigen konnte. Lotte hatte sich so die Einfuhrbestimmungen für Australien auf ihrer Liste als Foto hinterlegt.

Die Australier waren wirklich sehr streng mit ihren Bestimmungen. Aber Lotte wollte nun mal einiges aus der Heimat mitbringen. Auch wenn sie noch so viel deklarieren musste. Einen ganzen Koffer würde sie nur für Geschenke reservieren. Sie selbst würde sich dafür gerne einschränken.

Sie dachte an Süßigkeiten, Speck und Käse aus der Heimat, vielleicht sogar an eine Brotbackmischung, um den Kindern eine urige Brettljause zubereiten zu können. Lisa hatte oft bedauert, dass ihr das Brot aus der Heimat fehlte. Für jeden der vier wollte sie außerdem ein persönliches Geschenk besorgen. Darüber hinaus brauchte sie auch noch einen neuen Pass und ein Visum. Es gab viel zu erledigen, aber Lotte stand zum Glück nicht alleine da mit diesen Aufgaben und das beruhigte sie sehr.

Gegen zehn Uhr abends war es dann so weit, sie wählte Lisas Nummer, es läutete endlos lange. Als Lotte schon enttäuscht auflegen wollte, hob sie endlich ab. „Hi Mamschi, sorry, aber ich war im Garten Wäsche aufhängen. Schön, dass du anrufst, wie geht's?" Lotte erzählte ihr von den Vorkommnissen der letzten Wochen, so ausführlich wie schon lange nicht mehr.

Lisa merkte, wie gut ihrer Mutter der Kontakt zu ihren neuen Freunden tat. Sie war froh, sie so glücklich und gelöst zu sehen.

Dann holte Lotte tief Luft und sagte, sie habe großartige Neuigkeiten. „Was gibt's denn so Tolles?", lachte Lisa, „hast du dich verliebt?" In tausend Jahren hätte sie nicht den wahren Grund für Lottes tiefe Zufriedenheit erraten. „Viel besser, du kannst ruhig weiterraten, meine Liebe." Lisa starrte gegen die Decke und scherzte: „Du gehst auf eine Kreuzfahrt." Sie wusste, Lotte hielt vom Reisen auf dem Wasser fast noch weniger als vom Fliegen.

„Nein, mein Kind", sie holte tief Luft, „wenn ihr im August noch nicht verplant seid, dann komme ich euch besuchen für vier ganze Wochen!" Lisa machte den Mund tonlos auf und wieder zu, ehe sie fast wehmütig zu Lotte sagte, sie solle mit so etwas nicht scherzen. „Ich scherze nicht. Wenn ihr mich dahaben wollt, dann komme ich." Als Lisa realisierte, dass Lotte es ernst meinte, brach sie in Tränen aus. Sie sprang auf und Lotte konnte nur noch hören, wie sie schluchzend und jubelnd durchs ganze Haus flitzte. „Granny kommt! Aaron, William, Jim, Granny kommt!" Dann erschien sie wieder vor dem Bildschirm mit vor Aufregung geröteten Wangen und feuchten Augen und ihren drei Männern im Schlepptau. „Ach, Mamschi, ich würde dich jetzt so gerne drücken und nie mehr loslassen." – „Bald", sagte Lotte sanft, „sehr bald, mein Liebes." Aaron und William schickten ihr Kusshändchen und Jim umarmte seine gerührte Frau. Lotte war restlos glücklich, wie konnte sie sich nur so lange so bockig verhalten haben. Das bisschen Fliegen war sicher ein Klacks für sie.

Sie redeten an diesem Abend noch endlos miteinander. Lisa machte sich natürlich sofort Sorgen, wie ihre alte Mutter so eine lange Reisen durchstehen sollte, so ganz alleine. Jetzt erzählte ihr Lotte den Rest ihrer unglaublichen Geschichte. Wer und was auch immer Miki und Tom sein mögen, sie würde sie lieben, da war sich Lisa ganz sicher. Alleine dafür, dass sie ihre Mutter um die halbe Welt begleiteten und zu ihr brachten. Sie hatte die Hoffnung schon fast aufgegeben.

Als sie das Gespräch beendeten, war Lotte selig und müde zugleich. Sie legte die Liste zurück unter die Unterwäsche.

Trotz des fortgeschrittenen Abends machte sie noch den Fernseher an. Sie hatte dann immer das Gefühl, nicht alleine zu sein. Am liebsten wäre sie noch zu Hilde und Hans gegangen, aber die schliefen wahrscheinlich beide schon. Außerdem würden sie denken, dass etwas passiert sei.

Sie legte die Beine hoch und träumte sich weit weg. Sie sah, wie ihr Lisa und die Kinder zuwinkten, als sich die Fähre dem Hafen näherte. Sie hielten ein Transparent in Händen. „Willkommen, Oma Lotte." Neben ihr waren zwei riesige Koffer abgestellt, sie hatte keinen Blick mehr für die Delfine, keinen Sinn mehr für die Seeluft. Ihr Fokus lag auf Lisa. Wie schön sie war, das konnte sie schon aus der Ferne erkennen.

40

In den nächsten Wochen begann Lotte mit den Reisevorbereitungen.

Am Sonntag war sie bei Miki und Tim zum Buchen der Flüge eingeladen. Lotte war zuerst erstaunt welches Reisebüro für sie am Sonntag geöffnet sein würde. Vielleicht das am Hauptbahnhof oder gar am Flughafen selbst? Als sie merkte, dass man so etwas heutzutage online machte, musste sie wieder einmal über sich selbst lachen. Es ging wirklich alles von zu Hause aus, egal ob man sich ein Essen vorbeibringen lassen wollte, neue Kleider brauchte oder eben mal schnell einen Flug nach Australien buchen wollte.

Sie würden über Dubai fliegen, mit einem sehr kurzen Zwischenstopp, erklärte ihr Miki. Lotte war alles recht, je schneller, desto besser. Sie feilten an den Flügen so lange, bis es passend schien. Miki hoffte, dass der Ticketpreis Lotte nicht erschrecken würde. Sie mussten jeder mit rund tausendfünfhundert Euro rechnen. Lotte war das egal. Koste es, was es wolle. Ein bisschen mulmig war ihr eher bei dem Gedanken, dass sie rund vierundzwanzig Stunden unterwegs sein sollte. Sie fühlte sich fit wie ein Turnschuh, aber sie konnte ihre sechsundsiebzig Jahre nicht verleugnen. Sie legten die Abflugzeit auf den Abend fest, sodass sie alle hoffentlich rechtschaffen müde waren und den ersten Teil des Fluges schlafend verbringen würden. Das fand Lotte gut. In Dubai mussten sie etwa drei Stunden Aufenthalt hinnehmen. Sie wollten aber auch nicht zu wenig Zeit vorsehen, um sich selbst nicht unnötig zu stressen. Sie würden eine Kleinigkeit essen und genügend Zeit haben, das richtige Gate für den Check-in nach Sydney zu finden. Miki gab ihre Namen ein, alles musste genau mit dem Reisepass übereinstimmen. Michael Ludwig Hagen, Thomas Brunn, Charlotte Kalner. Miki hatte sich noch nie Gedanken gemacht, dass Lotte eine Abkürzung sein könnte. Miki und Tom würden noch mit ihren alten Namen reisen, eine Änderung ihrer Daten hatten sie erst für die Zeit nach ihrer Rückkehr geplant. Sie würden dann tatsächlich den gemeinsamen Nachnamen Hagen-Brunn wählen. Lotte belustigte das aufs Neue. Sie sagte, wenn es dann so weit wäre, würde sie beide in ihren Lieblingsheurigenort einladen. Als Dank für die Reisebegleitung und zum Begießen ihrer gemeinsamen Zukunft.

Sie sahen noch gemeinsam die Fährverbindungen nach Manly durch. Lisa hatte angeboten, dass auch Miki und Tom die erste Nacht bei ihnen verbringen konnten. Ein guter Freund von Jim würde ihnen bei der Anmietung eines Wohnmobils behilflich sein. Es war gut, wenn sie nicht schon vorher alles bis ins kleinste Detail buchen mussten. Dann kümmerten sie sich noch um die Visa. Lotte wunderte sich längst nicht mehr, was man alles von zu Hause aus machen konnte.

Während Miki sich noch mit Lottes Liste beschäftigte, um die Fotos für die Diashow herunterzuladen, richtete Tom eine Jause. Er deckte flink und liebevoll für eine Teatime mit Sandwiches,

Kuchen und den traditionellen Scones. Die Jungs hatten wieder einmal etwas Besonderes vor. Lotte sollte an diesem Tag die Einladung zu ihrer Hochzeit erhalten. Sie überließen nie irgendetwas dem Zufall, es war ihnen kein Aufwand zu groß. Tom stellte drei Tischkärtchen auf und faltete die Servietten zu kleinen Booten. Als er den Tee fertig hatte, rief er nach den beiden. Sie wechselten vom Arbeitsplatz ins Esszimmer. Lotte war entzückt, wie viel Mühe er sich gegeben hatte. Sie liebte es, wie die zwei ihr Leben und ihre Liebe zelebrierten, sie waren so feinfühlig im Umgang miteinander und mit anderen. Neben ihrem Tischkärtchen lag ein Kuvert, auf dem ihr Name stand.

Lotte war neugierig geworden. Sie öffnete das Kuvert und entnahm ihm eine Art Bordkarte. Auf der Karte war ein Schiff abgebildet, daneben stand „Love Boat". Passagier: Lotte Kalner. Das Ziel der Reise war die Hochzeit der beiden. Datum, Ort und das Reiseziel „Gemeinsame Zukunft" rundeten die Einladung ab. Am Abriss der Karte stand „Boarding Pass für unser Hochzeitsschiff".

Lotte freute sich sehr. Sie hatte das bislang verdrängt, dass Miki und Tom vorhatten, auf einem Schiff zu heiraten.

Lotte war nicht ganz seetauglich, aber für die zwei würde sie alles auf sich nehmen. Sie erzählten, dass sie einen Ort gesucht hätten, wo sie unbeobachtet und friedlich ihren schönsten Tag feiern könnten. Sie hatten keine Lust auf Schaulustige, die nach der nicht vorhandenen Braut suchten. Das konnte Lotte gut verstehen. „Wir haben nicht vor, uns zu verstecken, aber der Tag gehört nur uns und unseren Freunden und Verwandten." Die Trauung und die anschließende Feier würden direkt am Wasser stattfinden.

Sie würden einen kleinen Bus mieten, um ihren Hochzeitsgästen eine gemütliche An- und Abreise zu ermöglichen. Lotte hatte schon lange nicht mehr an einer Hochzeit teilgenommen. Sie freute sich schon sehr.

Sie fragte nach den Wünschen der beiden, ob ein Gemeinschaftsgeschenk geplant sei oder ob sie gerne Bares hätten. Sie zwinkerte. Miki und Tom waren fast bestürzt. Sie wollten nicht, dass Lotte sich in irgendwelche Unkosten stürzte. „Es reicht uns völlig, wenn du mit uns feierst. Wir sind wunschlos glücklich." Lotte wusste, dass es um die Finanzen der beiden nicht so rosig stand und dass sie fleißig jeden Cent wegsparten. Auch wenn Ludwig sich jetzt bereiterklärt hatte, die Hochzeitsreise kräftig zu sponsern, sie würden noch viele Ausgaben haben. Die Hochzeit selbst war ja auch sicher kein Schnäppchen. Es ehrte Miki und Tom wieder einmal, sie liebten sie um ihrer selbst willen.

Lotte wollte sich mit Julia und Klara beraten. Sie würden dann sicher etwas finden, was den beiden gerecht würde.

Lotte bedankte sich überschwänglich und glücklich für die Einladung und gleich noch einmal dafür, dass sie sie sozusagen auf ihrer Hochzeitsreise ein Stück begleiten durfte.

Dann ließen sie sich die kleinen Köstlichkeiten schmecken und Lotte erzählte von ihrer Hochzeit mit Georg.

Nach alter Tradition verbrachte sie ihre letzte Nacht als unverheiratete Frau in ihrem Elternhaus. Dort wurde sie am Hochzeitsmorgen sehr früh durch Böllerschüsse geweckt. Der Lärm sollte einen doppelten Zweck erfüllen, einerseits sollte er böse Geister vertreiben und andererseits den neuen Lebensabschnitt begrüßen. Lotte lachte und meinte, die Böllerschüsse hätten den bösen Geist Georg leider erst wachgerufen. Miki und Tom grinsten, sie hatten nicht vor, diese Tradition hochleben zu lassen. Besser die bösen Geister blieben, wo sie waren.

Miki erzählte noch, dass er diese Woche endlich seine Doktorarbeit zum Abschluss gebracht und auch schon abgegeben hatte. Wenn alles gut ging, habe er Ende Juni seine Abschlussprüfung. Dann erzählte er, dass er auch schon Aussicht auf einen gut dotierten Job in der Forschung hatte. Gleich nach ihrer Rückkehr von Australien könnte er vermutlich in einem großen Konzern anfangen. In ihrem Leben reihte sich gerade eines perfekt ins andere. Man konnte Tom ansehen, wie stolz er auf seinen zukünftigen Mann war.

Miki übergab Lotte den fertigen Stick für Lisa. Die Zeit war wieder einmal viel zu schnell vergangen, sie verabschiedete sich von den beiden und machte sich auf den Weg nach Hause.

41

Nachdem Lotte auf der Liste alles akribisch genau vermerkt hatte, kam sie mit ihren Besorgungen gut voran.

Sie hatte bereits eine silberne Halskette mit einem Herzanhänger für Lisa ausgesucht, in den sie „In Liebe Mamschi" eingravieren ließ, und eine Armbanduhr für Jim mit dem Wiener Riesenrad auf dem Zifferblatt. Für die Jungs kleine Schatztruhen, die sie mit australischen Dollars und Süßigkeiten auffüllen wollte. Lustige Postkarten mit typisch österreichischen Rezepten gab's obendrauf.

Lotte hatte bereits ihren neuen Reisepass. Sie nahm ihn jeden Tag einmal zur Hand, sie konnte es gar nicht glauben, dass er ihr bald den Weg zu Lisa ebnen würde.

Nachdem sie an diesem Tag Klara im Sportklub getroffen hatte und ihr von ihren Reisevorbereitungen erzählt hatte, war sie ganz überrascht. Klara hatte Herrn Leimer davon erzählt, dass Lotte nun tatsächlich das Wagnis des Fliegens eingehen würde. „Stell dir vor, Lotte, Herr Leimer will dich vorher zu einem kleinen Rundflug einladen und nach Graz mitnehmen." Sie könnte dann das Abheben und Landen einmal fühlen und entscheiden, ob sie denn die große Reise wirklich auf sich nehmen wollte. „Wir können das gemeinsam machen, wenn du willst." Das war sehr verlockend, Lotte hatte aber so ihre Bedenken. Wenn das schiefging und sie der Mut verließ, würde sie sich die Reise nach

Australien nicht mehr antreten trauen. Klara verstand das. Lotte erbat sich Bedenkzeit.

An diesem Nachmittag hatte sie endlich etwas ganz Wichtiges vor.

Julia hatte einen Termin für die Fertigstellung des Tattoos ausgemacht. Sie wollten wieder gemeinsam fahren. Lotte hatte Klara ihr „Probetattoo" gar nicht gezeigt. Sie wollte sich die Sache einfach nicht mehr vermiesen lassen. Trotzdem war Lotte jetzt ein wenig unruhig, nicht weil sie sich nicht sicher war, sondern weil sie nun doch ein klein wenig die Hosen voll hatte. Aber Julia hatte ihr versichert, dass alles halb so schlimm sei. Sie hätte schließlich auch kein zweites Tattoo anfertigen lassen, wenn es allzu schmerzhaft gewesen wäre. Das überzeugte Lotte zwar nicht wirklich, aber es war ihr einfach zu wichtig, um jetzt noch zu kneifen. Julia ließ ihr die Entscheidung völlig offen. „Lotte, du musst dich zu gar nichts verpflichtet fühlen." Monika ist dir sicher nicht böse, wenn wir den Termin wieder absagen." Lotte holte tief Luft und dachte ans Fliegen. Sie musste sich ein für alle Mal von ihren Ängsten befreien. Klein beigeben kam für sie nicht mehr infrage.

Sie trafen sich um fünfzehn Uhr vor dem Haus. Julia war gut gelaunt und steckte Lotte damit an. Das war in letzter Zeit nicht immer so, manchmal merkte man ihr ihren privaten Kummer durchaus an. Sie erzählte Lotte, dass sie in Tom einen guten Zuhörer gefunden hatte, eine Art Seelenverwandten, der ihr guttat. Ja, Tom hatte diese Wirkung auf andere Menschen. Er stärkte durch sein Selbstbewusstsein sein ganzes Umfeld. Damit hatte er ja auch Mikis Liebe gewonnen und diesem einen neuen Sinn im Leben gegeben. Lotte freute sich, dass sich ihre neu gewonnenen Freunde auch untereinander so gut verstanden.

Lotte und Julia standen diesmal nicht im Stau und fast waren sie für Lotte ein wenig zu schnell am Ziel.

Als sie das „Happy Needles" betraten, kam ihnen Monika schon freudestrahlend entgegen. „Hallo Lotte! Hallo Julia! Ich freue mich so, dass ihr da seid." Es war schon alles vorbereitet und ehe Lotte noch einmal ins Grübeln kommen konnte, fand sie sich schon auf der bequemen Liege wieder.

„Lotte, du musst ganz tief und ruhig atmen. Konzentriere dich einfach ganz bewusst auf deine Atmung, ich habe die Erfahrung gemacht, dass das die meisten Kunden beruhigt." Julia nahm die andere Hand zwischen ihre Hände und sie atmeten gemeinsam tief ein und aus. Lotte kam sich ein wenig vor wie im Geburtsvorbereitungskurs. Sie starrte auf den opulenten Kronleuchter und konzentrierte sich auf ihren Atem.

Irgendwie war es ja auch eine Geburt, nur hoffentlich keine schwierige.

Zuerst rasierte Monika die kleinen Härchen auf Lottes Arm weg und desinfizierte die Haut. Dann zeichnete sie das Tattoo erneut auf Lottes Handgelenk. Lotte sah, wie Monika eine ganz feine Nadel in ihre Tätowiermaschine spannte. Ihr stockte der Atem.

„Atmen, Lotte, atmen", ermahnte Julia sie sogleich. Lotte drehte den Kopf weg und zählte die herunterbaumelnden Kristallteilchen. Immer und immer wieder, sie kam nie auf die gleiche Zahl. Sie spürte die Nadelstiche wie ein sanftes Ritzen auf ihrer Haut, es kitzelte und brannte ein wenig. Es dauerte eine kleine Ewigkeit, aber es wurde nicht schlimmer. Die Maschine surrte gleichmäßig vor sich hin. Lotte konzentrierte sich wieder aufs Atmen und auf Julia. Es war halb so schlimm, offenbar war Lotte an dieser Stelle nicht sehr empfindlich. Wenn das mit dem Fliegen auch nur halb so gut ging, dann würde es ein Kinderspiel werden für Lotte. Monika wischte und salbte zwischendurch die beanspruchte Stelle. Julia riskierte schon einmal einen stellvertretenden Blick. Sie jubelte entzückt vor sich hin. „Es wird noch schöner, als du dir denken kannst, liebe Lotte." Lottes Wangen glühten vor Aufregung. Sie schwankte zwischen Freude und dem „Was wird Lisa bloß sagen"-Gedanken. Aber es war jetzt nicht mehr rückgängig machbar und das war gut so. Endlich war Monika fertig und Lotte durfte das Werk betrachten. Vorher bekam sie aber noch die Warnung, dass sie sich nicht erschrecken sollte, es sei noch ein wenig gerötet und müsse in den nächsten Tagen natürlich erst noch verheilen. Dann war es so weit.

Lotte war keinesfalls erschrocken, ganz und gar nicht. Wieder liefen ihr Tränen über die Wangen und ein von einem Schluchzer begleiteter Jubelruf löste sich aus ihrer Seele, tief aus ihrem Innersten. Es war so fantastisch, dass sie sich ganz trunken fühlte vor Glück. „Danke", stammelte sie. „Danke tausendmal." Monika und Julia waren im gleichen Maße happy. Monika trug noch einmal Salbe auf und deckte das Kunstwerk mit einer Folie ab. „Das muss leider sein, Lotte, es darf kein Schmutz hineinkommen in die kleinen Wunden. Ein paar Tage musst du jetzt noch Geduld haben, bevor du überall damit prahlen kannst."

Lotte wollte gar nicht prahlen damit. Sie wollte es einfach nur für sich haben und fühlen, wie gut es ihr tat. Lisa und die Kinder waren jetzt ein ganzes Stück näher bei ihr. Es hatte eine unendliche Wichtigkeit für sie. Genau in diesem Augenblick spürte sie die Magie. Für andere war es vielleicht eine törichte Idee, einfach ein Stück bemalte Haut, für Lotte aber hatte es eine überirdische Bedeutung. Man war wahrlich nie zu alt, um sich einen Traum zu erfüllen.

Julia lud sie zur Feier des Tages noch in ein kleines Pub zum Essen ein. Sie bestellten Burger und Pommes und tranken ein kleines Bier dazu. Lotte sträubte sich ein wenig gegen die Einladung, aber Julia bestand darauf.

Sie war so ein liebenswürdiges junges Geschöpf, dass Lotte sich nur schwer vorstellen konnte, wie ihr Freund sie nur gehen lassen konnte. Er würde es mit Sicherheit irgendwann bereuen, das war für Lotte klar. Lotte überlegte kurz, wieder einmal die Vermittlerin zu spielen.

Nach dem Essen setzte Julia Lotte wieder im Haus

des Lebens ab. Lotte ging erhobenen Hauptes hinein, sie musste ein wenig in sich hineinkichern. Wer würde schon vermuten, was die schrullige Alte in den letzten Stunden angestellt hatte. Im Eingangsbereich saßen ein paar Mitbewohner und plauderten leise. Ein einsamer alter Mann zog seine Runden mit dem Rollator. Das Licht war gedämpft und es roch irgendwie nach Altenheim.

Unterschiedlicher konnten ihrer heutigen Tage nicht sein.

Manchmal war Lotte echt im Zweifel, was sie hier verloren hatte.

42

Tom hatte sich an diesem Tag freigenommen. Der Laden war voll mit den verschiedensten Köstlichkeiten und den Verkauf übernahm eine Aushilfe, die er sich manchmal leistete, wenn Wichtiges zur Erledigung anstand. Er hatte alles gut vorbereitet. Und wenn das eine oder andere einmal ausging, sollte das kein Beinbruch sein.

Es war ein großer Tag für Miki und ihn. Sie hatten vor, ihre Hochzeitsanzüge zu kaufen. Sie hatten noch keine konkreten Vorstellungen, was ihre Ausstattung anbelangte. Sie waren sich nur einig, wie perfekte Zwillinge aufzutreten.

Zuerst hatten sie ja daran gedacht, sich nur in Jean und weißem Hemd das Jawort zu geben und auch ihre Gäste um das gleiche legere Kleidungsmotto zu bitten. Der Anlass war ihnen aber dann doch zu wichtig, sodass sie beschlossen, sich für die Feier so richtig fesch herauszuputzen. Sie wollten später einmal ihren Kindern richtig schöne Hochzeitsbilder zeigen können. Toms Schwestern kümmerten sich um die Dekoration des Schiffes, sie übernahmen den Blumenschmuck und auch die Torte. Das war sozusagen ihr Geschenk und sollte eine Überraschung werden. Das Catering war bestellt und hatte für sie eine kleine kreative Auswahl feiner Speisen zusammengestellt. Der Platz am Schiff war beschränkt, aber sie waren sich sicher, damit für jeden das Richtige bereit zu haben.

Miki und Tom trafen sich vor einem großen

Herrenausstatter in der Stadt. Sie hatten beschlossen, sich nicht als Brautleute zu erkennen zu geben. Dieser Moment sollte nichts Komisches an sich haben, sie wollten keine musternden oder abschätzenden Blicke auf sich ziehen.

Der Anlass, für den sie ihr Twins-Outfit suchten, würde eben die Hochzeit ihrer Schwester sein, für die sie sich besonders ins Zeug legen wollten. Die kleine Lüge bereitete ihnen sogar Spaß.

Eine ganz liebenswürdige Verkäuferin begrüßte sie und fragte nach ihren Wünschen. Miki meinte, sie bräuchten einen superschicken Anzug für die Hochzeit ihrer Schwester.

Sie zeigte ihnen eine feine Auswahl an schlichten Hochzeitsanzügen mit klassischen Schnitten und Farben. „Oder darf es etwas extravaganter sein?" Miki und Tom sahen sich an, sie wussten noch nicht genau, wo die Reise hingehen sollte. Miki war eher für das Schlichte, von ihm war ja auch der Vorschlag gekommen, einfach in Jean zu heiraten. Toms Augen leuchteten bei der extravaganten Version. Sollten sie sich vielleicht doch unabhängig voneinander für etwas entscheiden und sich gegenseitig überraschen? Nein, sie wollten eindeutig als Hochzeitspaar durchgehen. Als sie eine ganze Auswahl vor sich hängen hatten und schon reichlich verwirrt waren, kam die Verkäuferin mit einem Traum aus dunklem Blau daher.

Miki war sofort begeistert und schlüpfte hinein.

Das Sakko hatte einen breiten Stehkragen, silberblaue Knöpfe, die Weste schillerte blau und war silber bestickt, dazu ein passendes Plastron. Ein was? Miki und Tom hatten das noch nie gehört. „Eine breite Krawatte, einen Brustlatz sozusagen", grinste die Verkäuferin.

Miki sah umwerfend aus und Tom musste sich zusammenreißen, um ihm nicht um den Hals zu fallen und ihn zu küssen. „Du schaust großartig aus, mein Scha…", er hustete, räusperte sich und besserte sich rasch auf „Bruderherz" aus. Er war so gerührt, dass die kleine Komödie, die sie hier abzogen, fast aufgeflogen wäre. Auch wenn er seinen „Bruder" liebte, das hätte ihnen die Verkäuferin wohl nicht abgenommen. Die war aber unbeirrt in ihre Beratung vertieft und selbst wenn sie was bemerkt hatte, war sie sehr diskret und mit ganzem Herzen bei der Sache.

Sie machte sich auf den Weg, den Anzug nun auch in Mikis Größe zu holen. Er war ein wenig kleiner und um vieles zierlicher als Tom. Da standen sie nun im gleichen Outfit vor dem Spiegel und hatten feuchte Augen. Es passte alles wie angegossen. Die Verkäuferin war nicht zu sehen, entweder war sie auf der Suche nach Accessoires oder sie hatte den magischen Moment bemerkt und sich ganz einfach diskret zurückgezogen. Sie waren sich fast sicher, dass sie so vor den Traualtar treten würden. Tom meinte: „Wir hätten Julia mitnehmen sollen, als Ratgeberin."

Wie aus dem nichts war die Verkäuferin wieder da und hatte den letzten Satz mitbekommen. „Ich hänge Ihnen die Anzüge gerne für ein paar Tage zur Seite, Sie können noch einmal darüber schlafen und mit Ihrer

Schwester wiederkommen." Sie hatte passende Hemden und Manschettenknöpfe in der Hand, ebenso wie sündhaft schöne Schuhe samt Socken. Miki und Tom standen da mit offenem Mund. Wie die Frauen das nur machten? Ihr Outfit war in nicht einmal einer Stunde perfekt.

Sie probierten noch die Schuhe, hielten das Hemd unter das Gilet und fragten zaghaft nach dem Preis. Sie waren überrascht, spätestens jetzt dachten sie, ihr Traum würde platzen, aber es war halb so schlimm.

Nachdem Tom kurz mit Julia telefoniert hatte, ließen sie alles auf die Seite legen. Julia freute sich und sagte spontan zu. Sie hatte ihren freien Tag und war in letzter Zeit für jede Abwechslung dankbar. Miki und Tom brauchten irgendjemandes Segen und Julia war perfekt dafür. Sie nahm sich nie ein Blatt vor den Mund, war ehrlich, aber nicht verletzend. „Wir treffen uns beim Hard Rock Café in circa drei Stunden." Schließlich musste sie noch in ihre Rolle als Schwester eingewiesen werden. Die Verkäuferin hatte mitgehört, Anzahlung war keine nötig. Sie würden am Nachmittag wiederkommen.

Die zwei machten sich auf den Weg und waren rundum zufrieden. Tom spendierte ein Eis. Miki neckte Tom, wenn sie später auch noch im Hard Rock etwas essen würden, bräuchten sie den Anzug vielleicht eine Nummer größer. Tom aß einfach für sein Leben gern. Er war ein Genießer. Aber er war groß und muskulös und hatte kein Gramm Fett zu viel, er hatte Glück mit seinem Körper. Miki konnte auch essen, ohne zuzulegen, er war aber eher feingliedrig, fast schon ein wenig schlaksig. Obwohl die beiden Männer körperlich so unterschiedlich waren, stand ihnen der Anzug beiden blendend. Sie freuten sich schon auf Julias Gesicht.

„Kleider machen Leute", flachste Tom, „ich könnte mich fast in dich verlieben, Bruderherz." Miki rollte mit den Augen und drohte, ihn mit dem Eis zu bekleckern.

Sie schlenderten durch die Stadt und hielten abrupt an der Auslage eines Juweliers an. Sie entdeckten ihre Ringe und schauten sich kurz fragend in die Augen. Da mussten sie jetzt durch, hier konnten sie schlecht das Brüderpaar mimen. Andererseits wollten sie ihre Ringe auch nicht übers Internet beziehen. Sie wollten spüren, wie es sich anfühlt. Sie hatten sich schon für diese Ringe entschieden, aber bislang noch nicht besorgt. Aus der Serie „Signs of Love" sollte es die Unendlichkeit werden.

Beide Ringe zusammen ergaben eine liegende Acht. Es stand für sie für das Nicht-enden-Wollende und die Ewigkeit ihrer Liebe und wieder auch für die magische Zahl.

Sie betraten den Laden und fragten nach den Ringen. Die Verkäuferin nahm das Tablett mit der Ringserie aus der Auslage. Tom, der Schrillere der beiden, war für den Teil mit dem Stein auserkoren. Zum Glück waren die Ringe sehr groß. Miki probierte als Erster. Es war ein schöner Moment für die zwei, das äußere Zeichen ihrer gemeinsamen Liebe auszusuchen. Die Verkäuferin fragte nach der Dame des Herzens. „Oder möchten Sie Ihre Verlobte überraschen?"

Micki blickte auf, zuerst zu Tom, dann zur Verkäuferin und sagte: „Es müsste eigentlich heißen, der Mann meines Herzens und der steht neben mir." Einen kurzen Augenblick schaute ihr Vis-à-Vis verdutzt, dann hatte sie die Situation erfasst und keinerlei Problem damit. „Na umso besser, dann können Sie ja auch gleich probieren, junger Mann." Sie hielt Tom das ergänzende Stück lächelnd entgegen.

So einfach war es manchmal. So konnten sie sich beraten und in Ruhe für eine Gravur entscheiden. „Miki und Tom – für immer" sollte die Innenseite zieren, auf ein Datum wollten sie verzichten. Sie waren sich sicher, sie würden es auch so nie vergessen.

Es war herrlich, wenn Julia ihnen jetzt auch zu dem Anzug riet, hatten sie alles unter Dach und Fach. Sie wollten keine endlosen Vorbereitungsarbeiten. Es sollte alles schlicht, aber perfekt sein. Sie schlenderten Richtung Hard Rock Café und freuten sich auf Julia. Die stand schon vor dem Restaurant und winkte ihnen fröhlich zu. „Hallo ihr zwei", jeder bekam ein Küsschen. Sie wählten einen kleinen Tisch am Fenster und bestellten Burger, Pommes und drei Cola.

Tom fing gleich an zu schwärmen, von dem Traum in Blau und von den Ringen. Julia musste lachen, wie sollte sie jetzt noch gegen dieses Wunder von Anzug ankommen. Sie war gespannt. Aber so gut aussehende Jungs wie Tom und Miki konnte man wahrscheinlich in alles hineinstecken. Jammerschade für die Frauenwelt, dass hier nichts zu holen war.

Als sie fertig waren, bezahlte Tom für alle und sie

machten sich auf den Weg. „Und nicht vergessen", grinste er noch, „du bist unsere geliebte Schwester, die schaut, ob wir sie so zum Altar führen dürfen." Julia wünschte sich insgeheim, es wäre so.

Als sie erneut im Geschäft ankamen, bat die Verkäuferin Julia, Platz zu nehmen. Sie servierte drei Glas Prosecco und eine Schale mit Nüssen. Dann bat sie Tom und Miki mitzukommen. Ihre Schwester sollte schließlich begeistert sein, da müssen sie schon den perfekten Auftritt hinlegen.

Sie gingen zu den hinteren Garderoben, in denen sie schon alles bereitgelegt hatte. Sie hatte für die beiden noch ein schillerndes graues Hemd dazu kombiniert. Tom und Miki zogen sich um, die Verkäuferin half mit der Krawatte und dem Stecktuch. Dann brachte sie auch noch Schuhe in den passenden Größen. Wie immer im richtigen Moment war sie dann kurz verschwunden. Sie hörten sie vorne mit Julia plaudern. Während Miki und Tom Hand in Hand vor dem Spiegel standen und erneut Tränen der Rührung ihre Augen füllten, kündigte die Verkäuferin ihr Erscheinen bei Julia an. „Ihre Brüder sind zum Verlieben", zwinkerte sie. Das wusste Julia ohnedies und ihren Lippen entkam ein kaum hörbarer Seufzer.

Die Verkäuferin klatschte in die Hände. „Auftritt bitte!" Sie hatten alle ihren Spaß daran. Als die zwei so herausgeputzt vor Julia aufmarschierten, riss es sie förmlich aus dem Sitz.

Sie klatsche und hüpfte und war begeistert. „Oh, ihr seid wunderschön. Das habt ihr super gut ausgesucht!"

Miki und Tom drehten sich wie Models und hatten ein breites Grinsen im Gesicht. „Gell, Schwesterchen, so gefallen wir dir."

Julia spielte sofort mit und sagte: „Ich hoffe, ihr stecht mir nicht meinen Ehemann aus mit eurem Megalook."

Es war also entschiedene Sache.

Sie zogen sich wieder um, leerten noch ihre Gläser, ließen sich alles zusammenpacken, zahlten und zogen mit ihren riesigen Einkaufstüten davon.

„Soll ich euch zur Feier des Tages noch ein Eis spendieren?" Miki rollte mit den Augen, nicht schon wieder, aber Julia war Feuer und Flamme und so statteten sie der Lieblingseisdiele von Tom einen erneuten Besuch ab.

43

Die nächsten Wochen empfand Lotte wie eine Aneinanderreihung kurzer Augenblicke. Sie vergingen viel zu schnell. Während sie die letzten Monate in vollen Zügen genossen hatte, kam es ihr jetzt vor, als verliefe alles im Schnellvorlauf. Einerseits kam sie so ihrem Ziel Australien um einiges rascher näher, andererseits fühlte sie sich auch ein wenig überfordert von all den Aufgaben, die rund um sie noch zu erledigen waren. Sie war ein wenig müde geworden so knapp vor dem Erreichen ihres großen Traumes. Der Blick fiel auf ihr Handgelenk, die Rötung war längst gewichen und das Ergebnis erfüllte Lotte immer noch mit höchster Glückseligkeit. Wann immer sie es betrachtete, fühlte sie sich gestärkt und zuversichtlich. Es hatte genau die Wirkung, die Lotte erhofft hatte. Es gab ihr Kraft und Zuversicht.

Trotz ihrer inneren Anspannung ging sie dreimal in der Woche zum Sport. Fit zu bleiben und sich für die Reise zu stärken, war jetzt ihr oberstes Ziel. Im Klub fieberten alle mit Lotte mit. Es war so schön, wie die jungen Trainerinnen sich mit ihr freuten. Niki hatte ihr sogar ein kleines Stoffkänguru als Maskottchen geschenkt.

Wie in Trance funktionierte sie. Sie machte die restlichen Besorgungen für Australien, musterte ihren Kleiderschrank nach einem passenden Kleid für die Hochzeit, besuchte zwischendurch einen weiteren

Auftritt Mikis und fieberte bei seiner Prüfung mit. Sie verbrachte fast einen ganzen Tag nur mit Daumenhalten. Genau genommen zerquetschte sie den Daumen der rechten Hand zwischen ihrer Faust, während sie in der linken das Stoffkänguru von Niki festhielt. Damit nicht ein eventueller Misserfolg Mikis gar noch die Reise in Gefahr bringen konnte.

Für Lisa brachte sie ein kleines Päckchen mit dem Stick zur Post. Sie hatte ihn liebevoll in ein Seidentuch gewickelt. Auf eine Karte schrieb sie: „Bald, mein Liebes, kann ich dich ganz fest in meine Arme schließen. Happy Birthday! Mamschi"

Sie besuchte mit Klara eine Kunstausstellung und ließ sich von ihr beraten, was sie alles nach Australien mitnehmen sollte. Sie trafen gemeinsam eine kleine feine Auswahl aus Lottes Schrank. Nachdem Lotte so viel Platz für ihre Mitbringsel brauchte, wollte sie nicht mehr als ein Gepäckstück für ihre Kleider und Schuhe aufwenden. Alles andere würde sie als unnötigen Ballast empfinden.

Für Hilde und Hans besorgte sie je ein kleines Geschenk. Sie wollte den beiden unbedingt eine Freude machen. Für Hilde fand sie einen wunderschönen Bildband über „Urban Knitting" und für Hans eine bunte Fliege, die er bei den nächsten Tanzabenden tragen konnte. Sie wollte die beiden am Abend vor ihrer Abreise damit überraschen.

Hilde und Hans waren in letzter Zeit so inniglich im Umgang miteinander, dass sie die zwei ganz unbesorgt sich selbst überlassen konnte. Sie gaben ihr zwar nie das

Gefühl, das fünfte Rad am Wagen zu sein, aber Lotte hatte manchmal den Eindruck, dass ihnen gar nicht bewusst war, was sich da zwischen ihnen entwickelt hatte. Es war wirklich niedlich mit anzusehen und Lotte gönnte ihnen ihr Glück von ganzem Herzen. Vielleicht hörte sie aber auch nur das Gras wachsen. Als Hilde jedenfalls tatsächlich den ersten Preis im Seniorenkunstprojekt erhielt, platzte Hans fast vor Stolz. Und ganz sicher nicht nur weil er ihr manchmal bei den Ausführungen geholfen hatte.

Sie schaute Tom in der Mittagspause in der Bäckerei über die Schulter, wenn er über den Hochzeits- und Reisevorbereitungen brütete. Lisa und Jim wollten ihr auch einiges zeigen von ihrer Heimat und sie war gespannt, was von den Dingen, von denen Tom so schwärmte, auch sie zu sehen bekam. Es war ihr eigentlich gar nicht so wichtig, sie wollte einfach nur Zeit mit ihren Lieben verbringen. Einzig ein Besuch in der Oper war ihr großer Wunsch. Lisa und sie skypten in letzter Zeit fast täglich. Ihre Vorfreude mischte sich mit der Sorge darüber, wie ihre Mutter den langen Flug überstehen würde. Aaron und William hatten eine Liste mit kleinen Wünschen an ihre Oma zusammengestellt. Lisa wollte sie bremsen, aber Lotte lachte nur und freute sich, die zwei endlich nach Herzenslust verwöhnen zu können.

Sie hatte schon Trachten-T-Shirts mit aufgedruckten Hosenträgern für die beiden besorgt und die Schatzkisten mit Dollarscheinen und Süßigkeiten gefüllt. Die Jungs wünschten sich noch einen Fanschal der österreichischen Fußballnationalmannschaft und einen Jodelbären. Lotte hatte schmunzeln müssen über diesen Wunsch. Aber es war nicht schwierig, ihnen das zu erfüllen.

Julia stand eines Tages mit einem Hochzeitsgeschenk in ihrem Zimmer. Über dieses Thema hatten Lotte und sie sich schon seit geraumer Zeit den Kopf zerbrochen. Sie hatte ein quietschgelbes Spielzeugwohnmobil besorgt mit einem Surfbrett am Dach. In die Führerkabine hatte sie ein männliches Hochzeitspärchen von Playmobil hineingesetzt. Mit einem blauen Stift hatte sie auf der Seite einen Spruch aufgemalt.

„Wir wissen längst, dass wir uns lieben,
und schweben auch auf Wolke sieben.
Doch was uns nicht vom Himmel fällt,
ist ein bisschen (Flitterwochen-)Geld. "

Sie wussten zwar, dass Ludwig die beiden sponsern würde, aber Geld zu schenken, machte doch den meisten Sinn. Schließlich hatten sie schon einen gemeinsamen Haushalt und den Start ins Leben mit der eigenen Wohnung längst hinter sich. Auf ihrer Traumreise sollte es ihnen aber an gar nichts fehlen. Und einen Herzenswunsch gab es doch immer. Lotte, Klara und Julia würden schon einmal ein paar Scheinchen an dem Wohnmobil befestigen. Sie hofften, dass die übrigen Hochzeitsgäste ihrem Beispiel folgen würden. Lotte war begeistert.

Sie besuchte Johanna und Theo. Lotte hatte das Bedürfnis, vor ihrer großen Reise noch allen, die ihr wichtig waren, einen Besuch abzustatten, und dazu gehörten eben auch die zwei. Es war noch gar nicht lange her, dass Johanna sie für immer verlassen hatte. Das Leben war so vergänglich und sie war froh, dass es für sie in letzter Zeit so freudvoll verlaufen war. Sie konnte beglückt in die Zukunft sehen. Sie stand an Theos Grab und erzählte ihm von ihrem Vorhaben. Wie in guten alten Zeiten, als sie sich alles anvertrauten. Sie konnte förmlich hören, wie er sie darin bestärkte. Er hatte ihr immer alles zugetraut. Sie glaubte sogar, ein sanftes „Pass gut auf dich auf, Lotte" zu vernehmen.

An Johannas Grab berichtete sie über Hildes und Hans' Verliebtheit. Auch hier hatte sie das Gefühl, Johanna glucksen zu hören. Als hätte sie es schon vorausgeahnt.

Vielleicht, so hoffte sie, konnten Theo und Johanna sich im Jenseits anfreunden.

Lotte hatte auch gründlich überlegt, mit Klara und Herrn Leimer den Flug nach Graz anzutreten. Nicht dass sie sich nicht getraut hätte, sie war ja schon wild entschlossen zu fliegen und dachte gar nicht mehr über ihre Flugangst nach. Ihr Albtraum war auch nie mehr wiedergekehrt und die verordneten Beruhigungstropfen hatte sie beim letzten Zahnarztbesuch erfolgreich ausprobiert. Das war für Lotte durchaus vergleichbar, denn es gab fast nichts Schlimmeres als einen Zahnarztbesuch für sie. Schon früher, wenn Lisa einen Termin wahrnehmen musste, hatte das immer Georg erledigt. Es war eines der wenigen Dinge, die sie ihm aufgebrummt hatte. Sie hatte einfach das Gefühl, keinen Testflug mehr zu brauchen, und wollte sich keinen unnötigen Strapazen aussetzen.

So hatte Lotte in den letzten Wochen alles geordnet und vorbereitet und der Hochzeit von Miki und Tom entgegengefiebert. Dieser Tag war für Lotte schon der Beginn einer wundersamen Reise. Nicht nur in die gemeinsame Zukunft von Miki und Tom, sondern auch in eine Wiedervereinigung von Mutter und Tochter.

Lottes Koffer standen bereit.

44

Es war Freitag, der 28. Juli. Lotte wachte früh auf. Es war Mikis und Toms ganz besonderer Tag.

Sie hatte noch genügend Zeit, sich zurechtzumachen. Erst zu Mittag sollten sich die Gäste am gemeinsamen Abfahrtsort einfinden.

Sie nahm schon zum gemeinsamen Frühstück mit Hilde und Hans ihre Geschenke mit. Lotte war als Erste da und legte die Päckchen auf den jeweiligen Platz. Sie hatte eine persönliche Karte angebracht. Für Hilde hatte sie geschrieben: „Für meine Lieblingskünstlerin, auch wenn wir in den nächsten Wochen viele Kilometer voneinander entfernt sind, im Herzen bin ich dir ganz nah. Deine Freundin Lotte" Für Hans: „Pass mir gut auf dich und deine Hilde auf, wir sehen uns bald wieder. Lotte" Die zwei fehlten ihr schon jetzt. Hans und Hilde freuten sich sehr über die Geschenke. Hans legte die Fliege gleich an und Klara konnte gar nicht aufhören, in ihrem Bildband nach neuen Ideen zu suchen. Sie schwatzten und lachten alle drei durcheinander. Sie waren ausgelassen wie lange nicht.

Dann wünschten sie Lotte noch einen wunderschönen Tag. „Morgen werden wir dich noch drücken vor deiner großen Reise." Lotte ging ins Zimmer und begann, sich herauszuputzen. Sie duschte, steckte ihre Haare hoch und schminkte sich mit besonderer Sorgfalt. Sie liebte es, sich wieder einmal für ein großes Fest schön machen zu können.

Sie hatte ein petrolfarbenes Kleid ausgesucht, durchbrochene Spitze mit einem zarten Schalkragen und Dreiviertelärmeln. Sie verband damit sehr schöne Erinnerungen. Dazu hatte sie cremefarbene Schuhe und eine passende Tasche herausgesucht. Lotte musste für solche Ereignisse nicht extra shoppen gehen, ihr Kleiderkasten war immer noch voll mit den schönsten Kleidern und Kostümen und vieles davon war zeitlos aktuell. Zum Glück war sie schlank wie eh und je.

Als sie mit ihrem Werk fertig war, drehte sie sich vor dem Spiegel. Sie konnte sich immer noch sehen lassen. Lotte war zufrieden.

Julia klopfte an der Tür. Sie stand da mit dem großen Geschenk unterm Arm und war eine Augenweide. In dem Kleid aus babyblauem Chiffon, das einen gekreuzten V-Ausschnitt hatte, sah sie entzückend aus. Die schmeichelhafte Taille war von einem Perlengürtel umfasst und der kurze Rock wippte spielerisch keck über ihren Knien. Lotte hatte Julia so noch nie gesehen. So wenig bunt, so elegant und so schön. Sie war die Anmut in Person. Lotte stand der Mund offen. Sie konnte sich gar nicht sattsehen an dem engelsgleichen Wesen. „Julia, du bist so wunderschön." Da war sie wieder zurück, nach dem magischen Moment, die freche Julia, sie pfiff mit den Zähnen und meinte, Lotte sehe aber auch nicht schlecht aus. „Du stiehlst mir ja die Show mit deinem Megaoutfit. Du siehst aus wie meine große Schwester." Nachdem sie sich gegenseitig dermaßen mit Komplimenten überhäuft hatten, mussten sie lachen.

Sie umarmten sich vorsichtig und machten sich auf den Weg, Klara und Ben zu treffen. Auch Klara war sehr adrett. Sie hatte ein altrosa Kostüm mit einer silbergrauen schillernden Bluse gewählt. Ben trug ein grünes Seidentüchlein über seinem Halsband. Er war wie immer ganz artig.

Als die vier beim Bus eintrafen, waren Mikis Opa und Ludwig schon dabei, gemeinsam die Gäste in Empfang zu nehmen. Vater und Sohn wirkten gelöst und friedlich vereint. Gut so, dachte Lotte und lobte sich ein wenig für ihre Heldentat.

Sie begrüßten alle herzlich und bekamen ihre Plätze im Bus zugewiesen. Es war ein sonniger Tag, der Himmel war strahlend blau. Lotte dachte nur, was so begann, konnte nur gut sein. Sie entspannte sich während der einstündigen Fahrt, plauderte leise mit Klara und ließ die vorüberziehende Landschaft auf sich wirken. Sie war schon sehr gespannt, wie anders Australien diesbezüglich sein würde.

Sie wurden direkt vor dem Schiff abgesetzt. Toms Schwestern nahmen sie in Empfang. Vom Brautpaar fehlte noch jede Spur. Zwei Stehtischchen mit Brötchen und Sekt Orange verkürzten ihnen die Wartezeit. Sie unterhielten sich gut gelaunt mit den anderen Gästen, eine kleine Gruppe von circa dreißig Personen.

Lotte hatte unentwegt ihren Blick auf die Hafenzufahrt gerichtet, sie konnte es kaum erwarten. Endlich näherte sich unter großem Gehupe ein weißes

Cabrio. An den Seitenspiegeln waren hellblaue Luftballons befestigt. Miki und Tom fuhren gemeinsam vor. Als sie ausstiegen und in ihrem Zwillingslook auf die Gäste zukamen, gab es tosenden Beifall. Lotte wurde es ganz warm ums Herz und sie klatschte vor Begeisterung. Sie hatte Gänsehaut. In ihren blauen Anzügen waren die zwei kaum wiederzuerkennen. Sie strahlten um die Wette. Miki hatte sein Haar etwas kürzen lassen. An ihrem Revers hatten sie eine hellblaue Rose befestigt. Es war ein wunderbarer Moment, als die beiden Hand in Hand auf sie zukamen. Lotte hatte das Gefühl, als wären es ihre eigenen Kinder.

Es gab ein großes Hallo und rundum wurden alle begrüßt und geküsst.

Dann bat der Kapitän alle aufs Schiff.

Am Schiff hatten die Hochzeitsfeen ganze Arbeit geleistet. Die Säulen waren mit weißen und blauen Rosen geschmückt und blaue Ballons verzierten die weißen Wände. Am Bug des Schiffes war bereits alles für die Trauungszeremonie hergerichtet. Die Gäste nahmen auf mit weißen Hussen geschmückten Sesseln Platz. Das Schiff hatte längst abgelegt. Als die Zeremonie begann, befanden sie sich schon mitten auf dem See. Die Standesbeamtin war eine Frau, die wunderbare Worte fand, es hätte nicht stimmungsvoller sein können. Der Himmel strahlte über ihnen und man konnte den Flügelschlag der Schmetterlinge in Mikis und Toms Bäuchen förmlich hören, als sie sich das Jawort gaben. „Das Glück ist das Einzige, was sich verdoppelt, wenn man es teilt." Wie wahr.

Am Deck gab es ausreichend Platz zum Tanzen und im Inneren des Schiffes war ein herrliches Buffet angerichtet. Carpaccio, Tafelspitz und Kaiserschmarren, alles vom Feinsten.

Die Hochzeitstorte war ein Traum für sich. Ein Freund von Tom hatte sie angefertigt. Sie war dreistöckig, übersät mit hellblauen Rosen, die auf der untersten Ebene zu einem Herz geformt waren. Ein Fest, wie es schöner nicht hätte sein können. Sie feierten ausgelassen und lebensfroh, unbehelligt von den Menschen, die den beiden zeit ihres Lebens noch so manchen Hürdenlauf bereiten würden.

Lotte merkte gar nicht, dass sie sich auf einem Schiff befand. Der See lag ruhig und spiegelglatt unter ihnen.

Genauso würde das morgen sein, dachte sie. Das Flugzeug würde sanft über den Wolken dahingleiten.

Sie lehnte sich an die Reling und schaute in die untergehende Sonne. Lotte ließ die letzten Monate noch einmal Revue passieren. Alles war so unwirklich. Sie dachte an das erste Zusammentreffen mit Miki und daran, was daraus Wunderbares entstanden war. Manchmal hatte sie das Gefühl, sie würde jeden Moment aufwachen und alles wäre nur ein Traum gewesen. Miki, Tom, die bezaubernde Julia, Klara, alles nur das Hirngespinst einer einsamen Frau.

Lotte durfte sich jetzt nicht gehen lassen. Johannas Leitspruch fiel ihr wieder ein. „Sich gehen lassen heißt gehen."

Alle Träume können
wahr werden,
wenn wir den Mut haben,
ihnen zu folgen.

FSC
www.fsc.org
MIX
Papier | Fördert
gute Waldnutzung
FSC® C083411

Zeitfracht Medien GmbH
Ferdinand-Jühlke-Straße 7
99095 Erfurt, Deutschland
produktsicherheit@kolibri360.de